Лев Николаевич Толстой

Смерть Ивана Ильича

•

이반 일리치의 죽음

창 비 세 계 문 학

7

•

이반 일리치의 죽음

•

레프 니꼴라예비치 똘스또이

이강은 옮김

창비

차례

•

일러두기

1. 이 책은 *Полное собрание сочинений: В 90 т. Юбилейное издание (1828~1928), Т. 23: Произведения(1879~84)*, М.: Л.: Гос. изд-во 1957을 번역저본으로 삼았다.

2. 본문 중의 각주는 옮긴이의 것이다.

3. 외국어는 가급적 현지 발음에 준하여 표기하되, 일부 우리말로 굳어진 것은 관용을 따랐다.

1

커다란 법원 건물. 멜빈스끼 집안 사건을 심리하던 재판관들과 검사는 휴정시간에 이반 예고로비치 셰베끄의 집무실에 모여들어 이런저런 이야기를 나누다가 요즘 아주 유명세를 떨치고 있는 끄라소프 사건을 화제에 올렸다. 표도르 바실리예비치는 이 사건이 애초에 사법부 관할이 될 수 없는 문제라며 열을 올려 주장했고 이반 예고로비치는 제 나름의 견해를 굽히지 않았다. 처음부터 이 논쟁에 끼어들지 않았던 뾰뜨르 이바노비치는 그에 대해 가타부타 자기 의견을 밝히지 않고 그저 방금 배달된 신문 『베도모스찌』를 이리저리 펼치며 읽고 있었다.

"아, 여러분!"

신문을 읽고 있던 뾰뜨르가 갑자기 입을 열었다.

"이반 일리치가 사망했다는군요."

"그게 정말입니까?"

"자, 여기 한번 읽어보세요."

뾰뜨르는 아직 잉크 냄새가 채 가시지 않은 신문을 표도르 바실리예비치에게 내밀었다.

검은색으로 진하게 테두리 친 부고란에는 다음과 같은 내용이 게재되어 있었다.

쁘라스꼬비야 표도로브나 골로비나는 비통한 마음으로 친지 여러분께 사랑하는 남편, 항소법원 판사 이반 일리치 골로빈이 1882년 2월 4일 운명하였음을 삼가 알리는 바입니다. 발인은 금요일 오후 1시입니다.

이반 일리치는 방에 모여 있던 사람들의 동료였고 그들 모두가 사랑했던 사람이다. 이반 일리치가 병을 얻어 자리에 누운 지 벌써 몇주가 된 상태였고 이미 불치병이라는 소문이 돌고 있었다. 그의 보직은 공석으로 남아 있었지만 그가 사망하고 나면 알렉세예프가 그 자리에 임명될 것이고 알렉세예프 자리에는 빈니꼬프나 시따벨이 임명될 것이라는 설이 이미 나돌고 있었다. 사정이 이러했기 때문에 사무실에 모여 있던 이 고위급 인사들이 이반 일리치의 사망 소식을 듣고 가장 먼저 머리에 떠올린 생각은 이 죽음으로 인해 발생할 자신과 동료들의 자리 이동이나 승진에 대한 것이었다.

'이제 시따벨이나 빈니꼬프의 자리는 틀림없이 나의 것이다.' 표도르 바실리예비치는 이렇게 생각했다. '이미 오래전부터 약속된 자리였어. 이번 승진으로 개인 집무실이 생기고 연봉도 800루블 이상 오르겠지.'

'이제 깔루가에 있는 처남을 이곳으로 전보할 수 있도록 청탁을 넣어야겠군.' 뾰뜨르 이바노비치는 이렇게 생각했다. '아내가 아주 좋다고 하겠지. 앞으론 처갓집 식구들을 위해 내가 해준 게 아무것도 없다느니 어쩌니 하는 소리는 못하겠지.'

"병상에서 일어나지 못할 것이라고 생각을 하긴 했습니다만." 뾰뜨르 이바노비치가 다 들리도록 말을 꺼냈다. "참 안됐군요."

"그런데 그분 진짜 병이 뭐였답니까?"

"의사들도 뭐라고 진단을 내리지 못했답니다. 아니, 진단을 내리긴 했는데 저마다 소견이 달랐다지요. 제가 마지막으로 보았을 때만 해도 회복될 것 같았는데."

"저는 신년 명절 이후 가보지를 못했습니다. 가봐야지 하고 생각은 하고 있었는데."

"그런데 남긴 재산은 좀 있는지 모르겠네요?"

"아마 아내 몫으로 아주 조금 있다는 것 같습니다. 하지만 아주 별거 아닌 정도라네요."

"어쨌든 한번 가봐야 하겠지요. 한데 워낙 그 집이 멀어서."

"당신 집에서 멀다는 것이겠지요. 당신 집에서 멀지 않은 곳이 어디 있습니까?”

“아, 제가 강 건너에 산다고 또 뭐라 하시는 겁니까.”

뾰뜨르 이바노비치가 웃음을 띠며 셰베끄를 바라보고 말했다. 그리고 이어서 그들은 시내의 어디에서 어디까지 거리가 얼마가 된다는 둥 이야기를 잠시 더 나누다가 다시 법정으로 들어갔다.

동료의 사망 소식을 듣고 이들의 마음속에 떠오른 생각은 그로 인해 발생할 수밖에 없는 자리 이동과 보직 변경 등에 대한 것만은 아니었다. 아주 가까운 사람의 사망 소식을 들은 사람들이 누구나 그러듯이 그들도 죽은 게 자신이 아니라 바로 그라는 사실에 안도감을 느꼈다.

‘어쩌겠어, 죽었는데. 하지만 난 이렇게 살아 있잖아.’ 그들 각자는 이렇게 생각하거나 그런 느낌을 가졌다. 그런 생각 중에서도 고인과 아주 가까운 사이였던 이른바 이반 일리치의 친구라는 사람들이 또 생각한 것이라고는 이제 예의상 어쩔 수 없이 추도식에 참여해서 미망인에게 위로의 말을 건네야 하는 등 아주 귀찮은 의무를 수행할 수밖에 없다는 떨떠름한 사실이었다.

그들 중 누구보다 고인과 가까웠던 사람은 표도르 바실리예비치와 뾰뜨르 이바노비치였다.

특히 뾰뜨르 이바노비치는 법률학교를 같이 다닌 오랜 친구였고 이반 일리치에게 빚진 게 많다고 여기는 사람이었다.

뾰뜨르 이바노비치는 집에 돌아와 식사하는 자리에서 아내에게 이반 일리치의 사망 소식을 전하고, 어쩌면 처남을 그들의 관할 구역으로 불러올 수 있을 것 같다고 말해주었다. 식사를 마치고 그는 잠시 숨도 돌리지 않고 연미복으로 갈아입고 이반 일리치의 집으로 출발했다.

이반 일리치의 집 앞에는 사륜마차 한대와 이륜마차 두대가 서 있었다. 아래층 현관 입구 옷걸이 옆에는 금가루를 입힌 레이스와 금술로 장식된 번쩍이는 관 뚜껑이 벽에 기대 세워져 있었다. 그의 앞에서 검은 옷을 입은 부인 둘이 외투를 벗고 있었다. 한명은 이반 일리치의 여동생으로 아는 얼굴이었고 다른 한명은 처음 보는 부인이었다. 뾰뜨르 이바노비치의 동료인 시바르쯔가 위층에서 내려오다가 막 현관에 들어서는 그를 발견하고는 계단 위쪽에 멈춰서서 눈을 찡긋해 보였다. 그건 '이반 일리치는 참 바보처럼 살다 갔네요. 당신이나 나하고는 다르게 말이죠' 하고 말하는 것 같았다.

영국식으로 턱수염을 기른 시바르쯔의 얼굴과 연미복을 걸친 아주 호리호리한 몸매는 언제나 그렇듯이 제법 우아하고 근엄한 풍모를 자아냈다. 이런 근엄한 모습은 시바르쯔의 경박한 성격과는 전혀 다른 것이었지만 이 자리에서만큼은 아주 그럴듯해 보인다고 뾰뜨르 이바노비치는 생각했다.

뾰뜨르 이바노비치는 부인들이 먼저 지나가도록 비켜서 있다가 천천히 그 뒤를 따라 계단을 올라갔다. 시바르쯔는 내려오지 않고 그대로 위쪽 계단에 멈춰서 있었다. 뾰뜨르 이바노비치는 그 이유를 알고 있었다. 오늘 밤 카드놀이 할 장소에 대해 얘기하고 싶은 것이 분명했다. 부인들은 계단을 지나 미망인의 방으로 들어갔다. 시바르쯔는 심각한 표정으로 입술을 꼭 다물고 있었지만 장난기 어린 시선은 감추지 못했다. 그는 눈썹을 움직여 뾰뜨르 이바노비치에게 고인의 빈소가 차려진 오른쪽 방을 가리켰다.

뾰뜨르 이바노비치는 이런 자리에서 언제나 그렇듯이 뭘 어떻게 해야만 하는지 잘 모르는 상태로 방에 들어섰다. 이런 경우 성호를 그으면 결코 잘못될 일이 없다는 것 하나만큼은 분명했다. 하지만 성호를 그으면서 무릎이라도 꿇고 예를 올려야 하는 것인지에 대해서는 분명한 확신이 없어서 그는 적당히 절충안을 택하기로 했다. 그는 방으로 들어가며 성호를 긋고 조금 허리를 숙여 예를 올렸다. 그렇게 팔을 움직이고 머리를 숙이면서 그는 할 수 있는 한 방을 둘러보았다. 조카쯤 되어 보이는 젊은 사람 둘이 성호를 그으며 막 방을 빠져나가고 있었는데, 그중 하나는 김나지움 교복을 입고 있었다. 그리고 한 할머니는 어떠한 미동도 없이 서 있었다. 이상하게 눈썹이 치켜올라간 한 부인이 그 할머니 옆에서 무슨 말인지를 속삭였다. 프록코트를 차려입은 부사제는 거침없고 단호한 표정으로 낭랑하게 뭔가를 읽고 있었는데 그 어떤 방해도 용납하지 않겠다는 듯한 분위기였다. 부엌일을 돕는 하인 게라심이 사뿐사뿐 뾰뜨르 이바노비치 앞을 지나가며 마룻바닥에 뭔가를 뿌렸다. 그 모습을 보고 나자 뾰뜨르 이바노비치의 코에 부패하기 시작한 시신 냄새가 얼핏 느껴졌다. 이반 일리치에게 마지막 병문안을 왔을 때 뾰뜨르 이바노비치는 이 남자를 서재에서 본 적이 있었다. 그는 아주 충실하게 병수발을 들었고 이반 일리치는 그런 그를 각별히 아꼈다. 뾰뜨르 이바노비치는 거듭 성호를 그으며 시신이 담긴 관과 부사제와 구석 탁자에 놓인 성상들 중간쯤을 향해 가볍게 허리를 굽혔다. 그러다가 성호를 긋는 손동작이 너무 길었다는 생각이 들자 동작을 멈추고 고인을 유심히 살펴보기 시작했다.

죽어서 관에 누워 있는 사람들이 언제나 그렇듯이 고인의 모습은 아주 묵직해 보였다. 뻣뻣하게 굳은 사지는 관 속 안감 위에 푹 잠겨 있고 두번 다시 들지 못할 머리는 베개를 베고 있었는데 그 모습은 말 그대로 죽은 사람다웠다. 또한 푹 꺼진 관자놀이, 윗입술을 내리누를 듯이 높이 솟은 코, 그리고 밀랍 같은 누런 이마가 훤히 드러나 있었는데 그 역시 죽은 사람다웠다. 생전과는 상당히 다른 모습이었다. 뾰뜨르 이바노비치가 마지막으로 보았을 때보다 이반 일리치는 훨씬 마르긴 했지만 얼굴은 훨씬 잘생겨 보였고 더구나 살아 있을 때보다 훨씬 진중한 의미를 담고 있는 것 같았다. 그 얼굴에는 해야 할 일을 다 했고 또 제대로 해냈다는 표정이 담겨 있었다. 그외에도 그 얼굴에는 산 자들에게 뭔가를 질책하거나 경고하는 듯한 표정도 엿보였다. 뾰뜨르 이바노비치는 이런 경고의 표정이 적절한 것이 아니거나 적어도 자신에게는 해당되지 않는 것이라고 생각했다. 하지만 그는 어쩐지 마음이 께름칙해져서 다시 한번 서둘러 성호를 긋고는 자신이 보기에도 실례라는 생각이 들 정도로 급하게 몸을 돌려 방을 빠져나왔다. 시바르쯔는 통로로 사용하는 옆방에서 기다리고 있었다. 그는 다리를 넓게 벌리고 서서 뒷짐을 진 양손으로 원통형 모자를 까불거리고 있었다. 말쑥

하고 우아하면서도 장난기 어린 시바르쯔의 모습을 보자 뾰뜨르 이바노비치의 마음이 한결 가벼워졌다. 뾰뜨르 이바노비치는 시바르쯔 같은 저런 인물은 이런 추도식은 물론이고 마음을 어둡게 만드는 그 어떤 일에도 전혀 개의치 않는 사람이라는 걸 알고 있었다. 그의 모습은 이렇게 말하고 있었던 것이다. '이반 일리치 추도식 같은 사건이 있다 하더라도 그로 인해 회의 일정을, 그러니까 말하자면 오늘 밤 시종이 탁자에 양초 네개를 가져다 세워놓는 동안 우리가 새 카드 한벌을 뜯어서 섞는 일을 방해받을 근거는 전혀 없습니다. 이 사건이 오늘 밤 우리가 즐겁게 보내는 걸 방해할 수 있다고 가정하는 것은 대체로 아무런 근거가 없는 것이지요.' 실제로 그는 옆으로 지나가는 뾰뜨르 이바노비치에게 귓속말로 이런 말을 하면서 표도르 바실리예비치 집에서 모이기로 했으니 거기로 오라고 했다. 그러나 뾰뜨르 이바노비치는 오늘 저녁 카드놀이를 즐길 운명은 분명 아니었던 것 같다. 그때 미망인 쁘라스꼬비야 표도로브나 부인이 다른 부인들과 함께 자신의 방에서 나와 빈소가 차려진 방으로 안내했다. 키가 크지 않고 살집이 투실투실한 쁘라스꼬비야 표도로브나는 어떻게든 날씬하게 보이려고 애썼지만 어깨부터 아래쪽으로 펑퍼짐한 몸매를 어쩔 수는 없었다. 그녀는 완전히 검은 상복을 입고 머리에는 레이스가 달린 베일을 쓰고 있었는데 눈썹은 빈소에서 관 맞은편에 서 있던 부인처럼 기이하게 치켜올라가 있었다. 쁘라스꼬비야 표도로브나는 사람들을 보며 말했다.

"이제 곧 추도식이 있겠습니다. 안으로 들어가시지요."

시바르쯔는 그 말을 들으며 그러겠다는 것인지 안 그러겠다는 것인지 그 자리에 그대로 서서 어정쩡하게 인사로 응답했다. 쁘라스꼬비야 표도로브나는 뾰뜨르 이바노비치를 알아보고 한숨을 한 번 내쉬더니 가까이 다가와서는 그의 팔을 잡으며 말했다.

"이반 일리치의 가장 절친한 친구분이 오셨군요."

그녀는 자신의 이런 말에 대한 마땅한 처신을 기대한다는 듯이 그를 바라보았다.

뾰뜨르 이바노비치는 이 대목에서라면 성호를 긋고 손을 마주 잡으며 한숨을 내쉬고는 '힘을 내셔야지요!' 하고 말해야 한다는 걸 알고 있었다. 그는 바로 그렇게 했다. 그런 행동을 하고 나서 그는 결과가 바란 대로 아주 잘되었다고 느꼈다. 그도 감동하고 그녀도 감동했던 것이다.

"시작하려면 시간이 좀 있으니 이리 오세요. 드릴 말씀이 좀 있습니다." 미망인이 말했다. "팔을 좀 빌려주시겠습니까?"

뾰뜨르 이바노비치가 팔을 내밀었고, 팔짱을 낀 두 사람은 시바르쯔 옆을 지나 안쪽 방으로 걸음을 옮겼다. 시바르쯔는 뾰뜨르 이바노비치에게 안됐다는 표정으로 한쪽 눈을 찡긋해 보였다. '카드는 날아갔네요! 못 오시면 다른 사람을 부를 겁니다. 혹시 빠져나오시면 오세요, 다섯이면 어때요?' 장난기가 어린 그의 시선은 이렇게 말하고 있었다.

뾰뜨르 이바노비치는 좀 전보다 더 깊고 더 슬프게 한숨을 내쉬었고 쁘라스꼬비야 표도로브나는 그의 팔을 힘주어 꼭 잡으며 감사의 표시를 했다. 그들은 램프 불빛이 은은하고 방 전체가 분홍색 크레톤 천으로 덮인 응접실로 들어가 탁자를 사이에 두고 자리를 잡았다. 그녀는 소파에, 뾰뜨르 이바노비치는 등받이가 없는 낮은 간이 소파에 앉았다. 그런데 마침 간이 소파의 스프링이 망가져 앉은 자리 밑에서 이리저리 움직이는 바람에 뾰뜨르 이바노비치는 아주 불편했다. 쁘라스꼬비야 표도로브나는 다른 의자에 앉으라고 주의를 환기하려고 했지만 지금 자신의 처지에 그런 배려까지 한다는 것은 어울리지 않는다고 생각되어 그냥 그대로 두었다. 간이 소파에 앉으며 뾰뜨르 이바노비치는 이반 일리치가 생전에 이 응접실을 꾸미면서 녹색 나뭇잎이 그려진 바로 이 분홍색 크레톤 천을 쓰면 어떻겠냐고 자신에게 조언을 구하던 일이 떠올랐다. 그녀가 탁자 옆을 지나 소파에 앉을 때 (응접실에는 온통 자잘한 물건들과 가구들이 들어차 있었다) 검은 케이프 망또의 검은 레이스가 탁자 테두리의 장식 조각에 걸리고 말았다. 뾰뜨르 이바노비치가 그녀를 도와주려고 조금 몸을 일으키자 깔고 앉았던 간이 소파의 스프링이 부르르 몸서리를 치며 그를 밀쳐냈다. 미망인이 직접 레이스를 풀어내려는 것을 보고 뾰뜨르 이바노비치는 부풀어오른 소파를 다시 잘 다스려 깔고 앉았다. 하지만 미망인이 레이스를 제대로 떼어내지 못하고 있는 모습을 보고 뾰뜨르 이바노비치가 다시 일어났고 그러자 눌려 있던 소파의 스프링이 튀어오르며 이번에는 끼기긱 소리까지 냈다. 잠깐의 이런 소동이 끝나자 그녀는 깨끗하고 얇은 면 손수건을 꺼내들고 눈물을 흘리기 시작했다. 레이스가 걸리고 간이 소파와 씨름한 탓에 기분이 식어버린 뾰뜨르 이바노비치는 인상을 찌푸리고 앉아 있었다. 이 어색한 자리의 분위기를 깬 것은 이반 일리치의 식사를 담당하던 집사 쏘꼴로프였다. 그는 쁘라스꼬비야 표도로브나 부인이 지정했던 묘지를 사용하려면 돈이 200루블이 든다는 보고를 하러 들어왔다. 그녀는 울음을 멈추고 억울하다는 표정으로 뾰뜨르 이바노비치를 바라보고는 참견디기 힘든 일들이라고 프랑스어로 말했다. 뾰뜨르 이바노비치는 그럴 수밖에 없지 않냐, 십분 이해하고 남는다는 표정으로 무언의 신호를 보내주었다.

"담배라도 한대 피우고 계시지요."

그녀는 아주 너그러우면서도 기운이 쭉 빠진 목소리로 이렇게 말하고는 쏘꼴로프와 묘지 가격 문제를 논의하기 시작했다. 뾰뜨르 이바노비치는 담배를 피우면서 그녀가 땅값에 대해 아주 심각하게 이것저것 물어보다가 결국 적절한 가격의 묏자리를 정하는 걸 지켜보고 있었다. 그녀는 묏자리를 결정하고 나서 그에 덧붙여 성가대 문제에 관한 지시를 내리기도 했다. 볼일을 마친 쏘꼴로프가 자리를 떴다.

"제가 직접 이렇게 일을 다 처리해야 한답니다."

그녀는 탁자에 있던 앨범들을 한쪽으로 밀어놓으며 뾰뜨르 이바노비치에게 말했다. 그러고는 뾰뜨르 이바노비치의 담뱃재가 탁자에 떨어지려는 모습을 보고 지체없이 재떨이를 앞에다 밀어놓으며 말을 이었다.

"슬프다고 해서 할 일을 안한다는 것은 일종의 가식이라고 생각해요. 아니, 오히려 그 반대로 도저히 위로받을 수 없다면…… 차라리 죽은 그이를 위한 일에 매달리는 게 그분에 대한 도리라고 생각합니다."

이렇게 말하며 그녀는 다시 울려는 듯 손수건을 꺼내들었다가 갑자기 마음을 단단히 먹어야겠다는 듯이 몸을 추스리고 차분하게 이야기를 꺼냈다.

"사실은 선생님께 의논드릴 일이 있어요."

뾰뜨르 이바노비치는 엉덩이 밑에서 움찔거리는 소파의 스프링이 다시 튀어오르지 않도록 잘 누르면서 몸을 조금 굽혀 예를 갖춰 보였다.

"그이는 숨을 거두기 전 며칠 동안 아주 끔찍하게 괴로워했어요."

"몹시 고통을 받으셨군요?"

뾰뜨르 이바노비치가 되물었다.

"네, 끔찍했지요! 마지막 순간뿐만 아니라 몇시간 동안 내내 비명을 질렀지요. 사흘 밤낮을 거의 그렇게 비명을 질렀으니까요. 견디기 힘들었지요. 어떻게 그걸 견딜 수 있었는지 저도 잘 모르겠어요. 방문 세개를 넘어서도 그 비명 소리가 들려왔지요. 아, 정말 그걸 다 어떻게 견뎌냈는지!"

"의식은 있었습니까?"

뾰뜨르 이바노비치가 물었다.

"네." 그녀가 중얼거리듯 대답했다. "마지막까지 의식은 있었지요. 임종하기 십오분쯤 전에 우리와 작별을 고하고는 볼로쟈를 데리고 나가달라고 당부까지 했지요."

한때 철부지 어린애로서, 그리고 학생으로서 아주 가깝게 지냈던, 또 성인이 되어서는 같은 일을 하던 동료였던 사람이 몹시 고통을 받았다는 데에 생각이 미치자, 자신과 앞에 앉은 여인의 가식적인 모습이 불쾌하게 느껴졌음에도 불구하고 뾰뜨르 이바노비치는 갑자기 섬뜩한 느낌을 받았다. 그리고 입술을 내리누를 듯 우뚝한 코와 흰 이마가 눈앞에 떠오르자 더럭 겁이 났다.

'사흘 밤낮을 끔찍하게 괴로워하다 죽었다. 언제든지, 지금 당장 나에게도 닥칠 수 있는 일이다.' 그는 이런 생각을 하며 서늘한 두려움에 순간 몸서리쳤다. 하지만 곧바로 그에게는 자신도 모르게 그건 이반 일리치의 일이지 자신의 일은 아니다, 자신에겐 그런 일은 일어나지도 않고 일어날 수도 없는 일이다,라는 지극히 상식적인 생각이 들었다. 그는 자신이 울적한 기분에 젖어서 그런 거다, 시바르쯔 얼굴 표정에 분명히 나타나 있듯이 그럴 필요가 전혀 없는 것이다,라고 생각했다. 이렇게 생각을 정리하고 나자 마음이 진정된 뾰뜨르 이바노비치는 비로소 관심을 갖고 이반 일리치의 임종에 대해 자세하게 물어보기 시작했다. 마치 죽음은 이반 일리치에게만 일어난 특별한 사건일 뿐 자신과는 전혀 무관한 일이라는 듯이.

이반 일리치가 겪은 끔찍한 육체적 고통에 대해 구체적으로 하나하나 들려주더니, (이런 구체적인 사실들을 통해 뾰뜨르가 알 수 있었던 이반 일리치의 고통이란 것은 실제 이반 일리치가 겪은 고통이 아니라 그 고통이 쁘라스꼬비야 표도로브나의 신경을 얼마나 자극했느냐 하는 것이었다) 미망인은 이제 자신의 용건을 말할 때가 되었다고 생각하는 것 같았다.

"뾰뜨르 이바노비치, 오, 정말 힘들어요. 정말이지 너무 끔찍합니다. 너무나 괴로운 일입니다."

그녀가 다시 울음을 터뜨렸다.

뾰뜨르 이바노비치는 한숨을 내쉬고는 그녀가 코를 풀기를 기다렸다. 그녀가 마침내 코를 풀자 그가 입을 열었다.

"힘을 내셔야지요……"

그러자 그녀가 다시 입을 열어 이야기하면서 정작 그에게 하고 싶었던 말을 꺼냈다. 그것은 다름 아니라 남편이 사망한 경우에 국고에서 어떤 지원을 받을 수 있는가 하는 문제였다. 그녀는 연금 문제에 관해 뾰뜨르 이바노비치에게 조언을 구하는 척했다. 하지만 그녀는 이미 아주 세세한 부분까지, 심지어 그도 잘 모르는 것까지 훤히 꿰고 있는 것이 분명했다. 그녀는 이렇게 남편이 사망한 경우에 국고로부터 받아낼 수 있는 것이 무엇인지 다 알고 있었던 것이다. 다만 그녀는 어떻게 조금이라도 더 뜯어낼 수 있는 방안이 없는 것인지 알고 싶었을 뿐이다. 뾰뜨르 이바노비치는 뭔가 다른 방법이 있는지 열심히 생각해보려고 했다. 하지만 잠시 생각해보다가 예의상 그저 우리네 정부가 하는 일이 다 그렇게 인색하다며 탓하고는 더이상은 방법이 없을 것 같다고 말해주었다. 그러자 미망인은 한숨을 내쉬고는 이제 어떻게 이 조문객으로부터 벗어날 것인지 궁리하는 눈치였다. 그녀의 마음을 알아챈 그는 담배를 눌러끄고 일어서서 손을 한번 잡아주고는 다른 방으로 건너왔다.

뾰뜨르 이바노비치는 이반 일리치가 언젠가 골동품 가게에서 샀다면서 아주 좋아하던 시계가 걸려 있는 식당에서 사제와 추도식에 참여하러 온 지인들 몇 사람, 그리고 아름다운 숙녀가 다 된 이반 일리치의 딸을 보았다. 딸도 온통 검은색 상복을 입고 있었다. 아주 가느다란 허리가 상복 속에서 더욱 가늘어 보였다. 그녀는 어둡고 굳은 표정으로 어찌 보면 잔뜩 화난 모습이었다. 그녀는 무슨 잘못이라도 있는 사람을 대하듯이 뾰뜨르 이바노비치에게 인사했다. 그녀의 뒤에는 똑같이 화난 표정을 한 젊은이가 서 있었는데 뾰뜨르 이바노비치도 안면이 있는 예심판사로, 듣기로는 그녀의 돈 많은 약혼자였다. 뾰뜨르 이바노비치는 그들에게 침울한 표정으로 인사하고 고인이 안치된 방으로 건너가려 했다. 그때 계단 아래쪽에서 이반 일리치를 빼다박은 듯이 닮은 김나지움 학생인 아들의 모습이 보였다. 아들은 뾰뜨르 이바노비치가 법률학교에 다닐 때 보았던 이반 일리치와 영락없이 똑같았다. 우느라고 퉁퉁 부은 두 눈은 열서너살짜리 남자애들에게서 쉽게 볼 수 있는 순정이 사라진 그런 눈이었다. 아들은 뾰뜨르 이바노비치를 보자 표정이 굳으며 부끄러운 듯 얼굴을 찌푸렸다. 뾰뜨르 이바노비치는 아이에게 고개를 끄덕여 보이고는 고인이 안치된 방으로 들어갔다. 추도식은 촛불과 비탄에 젖은 신음, 향 연기, 그리고 눈물과 흐느낌

속에서 진행되었다. 뾰뜨르 이바노비치는 미간을 찌푸린 채 그저 발만 바라보며 서 있었다. 그는 고인의 시신 쪽으로는 단 한번도 시선을 돌리지 않고 끝까지 약해지려는 마음을 다잡다가 맨 먼저 자리를 뜨는 사람들 틈에 섞여 방을 나왔다. 현관에는 아무도 없었다. 부엌 하인인 게라심이 고인의 방에서 뛰어나오더니 억센 손으로 손님들 외투를 하나하나 들춰보고는 뾰뜨르 이바노비치의 외투를 찾아 건네주었다.

"그래, 자넨 어떤가, 게라심?" 뾰뜨르 이바노비치는 무슨 말이든 해야겠기에 이렇게 물었다. "마음 아프지?"

"다 하느님 뜻이지요. 모두 가야 할 길입지요."

게라심은 농부답게 생긴 희고 튼실한 치아를 드러내며 말했다. 그는 한창 열심히 일하는 사람처럼 활달하게 현관문을 열어젖히고 소리쳐 마부를 불러 뾰뜨르 이바노비치를 마차에 태웠다. 그런 뒤 아직 할 일이 많다는 듯이 현관으로 몸을 돌려 뛰어갔다.

뾰뜨르 이바노비치는 향냄새와 시신 냄새 그리고 석탄산 냄새에 젖었다가 신선한 공기를 들이마시자 이제 살 것 같았다.

"어디로 모실까요?"

마부가 물었다.

"늦지는 않았군. 표도르 바실리예비치 댁으로 가세."

뾰뜨르 이바노비치는 달려갔다. 실제로 그가 도착했을 때 카드놀이는 이제 겨우 첫판이 막 끝나가던 중이어서 그가 끼어들어 다섯이 새 게임을 시작하기에 아주 적절했다.

2

이반 일리치의 지나온 삶은 지극히 평범하고 일상적이면서 지극히 끔찍한 것이었다.

이반 일리치는 항소법원 판사로 재직하던 중 마흔다섯의 나이로 생을 마감했다. 그는 관리의 아들이었다. 아버지는 뻬쩨르부르그에서 정부의 여러 부서와 보직을 두루 거치며 출세가도를 달리던 사람이었다. 하지만 그런 출세란 보통 어떤 중요한 직무수행 능력을 딱히 가지고 있지 않으면서도 그저 오래 그 일을 해왔고 직급이 높다는 이유만으로 쫓겨나지 않고 그 자리를 지키는 것을 의미하는 것이었다. 이런 사람들은 그런 부류의 관리들을 위해 꾸며낸 가공의 자리들을 꿰차고 앉아서는 보통 6000에서 10000루블에 이르는 국고를 꼬박꼬박 챙겨가며 늙어 죽을 때까지 버티게 마련이 었다.

이반 일리치의 아버지, 고위급 삼등문관 일리야 예피모비치 골로빈은 바로 이처럼 별 쓸모없는 기관의 별 쓸모없는 직책을 한자리 차지하고 있던 인물이었다.

그에게는 세 아들이 있었고 이반 일리치는 그중 둘째였다. 첫째는 근무 부서만 달랐지 아버지처럼 똑같이 관료로서 출세의 길을 걸었고, 이젠 별로 하는 일 없이도 높은 봉급을 받는 그런 연공이 되어가고 있었다. 셋째 아들은 실패작이었다. 그는 여러 자리를 전전했지만 하는 일마다 번번이 실패하고 이제는 철도 관련 일을 하고 있었다. 아버지와 형들, 특히 형수들은 그런 동생과 얼굴을 마주하는 것을 좋아하지 않았을 뿐만 아니라 정말 어쩔 수 없는 경우가 아니라면 그의 존재 자체를 떠올리고 싶어하지 않았다. 하나 있는 딸은 그레프 남작에게 시집을 갔는데 장인처럼 그 역시 뻬쩨르부르그 관리였다. 이반 일리치는 말 그대로 '집안의 자랑거리'였다. 그는 큰아들처럼 너무 냉정하거나 너무 꼼꼼하게 굴지도 않았고, 동생처럼 너무 엉망으로 살아가지도 않았다. 그는 형제 중 중간쯤 되는, 똑똑하고 활달하고 누구나 좋아하는 예의 바른 인물이었던 것이다. 그는 동생과 함께 법률학교에 다녔다. 동생은 학교를 다마치지 못하고 오 학년 때 퇴학을 당했지만 이반 일리치는 전과정을 우수하게 끝마쳤다. 법률학교 다닐 때부터 그는 이미 평생 변치 않을 그런 성품을 보여주었다. 능력있고, 밝고 선량하며 사교적이면서도 자신의 의무라고 생각하는 일에 대해서만큼은 철저히 해내는 그런 성품이었던 것이다. 그런데 그가 그렇게 자신의 의무라고 여기는 일은 높은 사람들이 그렇다고 판단하는 모든 것이었다. 그는 어렸을 때나 커서나 아첨과는 거리가 먼 사람이었지만, 불빛을 향해 날아드는 날벌레처럼 어려서부터 사교계의 최고위층 사람들에게 본능적으로 이끌려 그들의 습관이며 세상을 보는 시각을 그대로 따라 배우며 그들과 아주 좋은 관계를 만들어갔다. 어린 시절과 청년 시절에는 마음을 빼앗기고 열중한 것도 있었지만 그런 것들은 모두 특별히 결정적인 영향을 남기지는 못하고 그대로 지나가버렸다. 한때는 연애 감정이나 허영심 같은 것에도 빠져보았고 졸업할 무렵의 고학년 시절에는 자유주의적 성향에 젖어보기도 했지만 그 어떤 경우에도 마음속에 이 정도까지는 괜찮다고 인정되는 일정한 한도를 벗어난 적이 없었다.

법률학교 재학 중 그는 참으로 역겨운 행동을 저지르기도 했다. 그는 그런 행동을 한 자신에 대해 혐오감을 느끼기도 했지만 지체 높으신 분들도 그런 행동을 종종 저지르며 아무렇지도 않게 생각한다는 것을 알아차리고는 생각을 바꿨다. 비록 좋은 행동이라고 할 수는 없지만 그냥 싹 잊어버리고 그에 대해 조금도 개의치 않기로 한 것이다.

이반 일리치가 십등문관의 자격을 부여받고 법률학교를 졸업하게 되자 그의 아버지는 그에게 제복을 맞추라고 돈을 주었다. 그는 그 돈으로 최고급 샤르메르 양복점에서 옷을 맞추고 라틴어로 '마지막을 예견하라'라고 새겨진 장식용 메달을 줄에 걸어 달고 멋을 부렸다. 그리고 그는 은사인 공작을 찾아가 작별인사를 고하고 친구들을 불러 도논이라는 최고급 레스또랑에서 송별연을 가졌다. 그런 뒤 최고급 상점들을 돌며 하나하나 주문하고 사들인 옷가지와 내의류, 세면도구와 화장용품, 여행용 담요 등등을 최신 유행의 새 여행가방에 챙겨넣고 지방의 첫 부임지로 출발했다. 첫 직책은 아버지가 특별히 손을 써서 마련해둔 현 지사 특별보좌관이었다.

지방의 부임지에 간 지 얼마 되지 않아 이반 일리치는 법률학교에서 그랬던 것처럼 아주 쉽고도 기분 좋게 자신의 입지를 다졌다. 그는 착실하게 근무하며 경력을 쌓아갔고 동시에 산뜻하고 절도있게 즐길 줄도 알았다. 이따금 상부의 명을 받아 군 단위 지역으로 출장을 가기도 했는데 그럴 때면 직위가 높든 낮든 가리지 않고 만나는 모든 사람들에게 똑같이 예의를 갖춰 대했다. 그에게 특별히 부과된 임무는 주로 분리파 교도에 관한 문제였는데 그는 아주 정확하고 청렴결백하게 일을 수행했다. 이런 점에 대해 자신도 자랑스럽게 생각했다.

그는 젊었고 즐겁게 노는 걸 좋아하는 기질이었지만 업무를 수행할 때는 극도로 조심스럽고 관료적이고 아주 엄격하기까지 했다. 하지만 사교 생활에서는 장난스럽고 기지에 넘치는 모습을 과시하면서 언제나 아주 너그럽고 예의 바르게 행동했다. 그런 그를 마치 한 가족처럼 아끼던 지사 내외는 프랑스어로 '좋은 애'라고 부르곤 했다.

이렇게 세련된 법조인으로 지내다보니 으레 많은 귀부인들이 따라붙게 마련이었고 그는 그중 한 부인과 염문을 뿌리기도 했다. 모자 가게 여주인과도 관계가 있었다. 시종무관들이 지방으로 출장을 오면 그들을 대접하는 술자리를 만들었고 저녁을 먹고 나서 그들을 데리고 멀리 한적한 구역으로 가서 원정 술자리를 이어가기도 했다. 그런가 하면 지사뿐만 아니라 지사 부인에게도 잘 보이기 위한 노력을 게을리하지 않았다. 하지만 이 모든 일을 아주 수준 높고 절도있게 수행했기 때문에 그런 그를 두고 뒤에서 험담하는 사람은 아무도 없었다. 그리고 사실 이런 일들쯤이야 프랑스 속담에 나오듯이 '젊은 한때의 객기' 정도로 봐줄 수 있는 일이었다. 깨끗한 손으로, 깨끗한 셔츠를 입고 프랑스어를 입에 올리며 그가 벌인 이런 모든 행태는 사실 고급 사교계에서 늘 있는 일로서 고위급 인사들도 다 그러려니 하고 인정하는 일이었다.

그렇게 오년을 지방에서 근무하고 나자 이반 일리치에게 자리를 바꿀 수 있는 기회가 찾아왔다. 새로운 법률제도가 도입되면서 새로운 인력이 필요했던 것이다.

이반 일리치가 바로 그 새로운 사람이었다.

이반 일리치에게 예심판사 자리를 맡으라는 제안이 들어오자, 비록 다른 현에서 근무해야 하는 자리여서 그동안 쌓아놓은 관계들을 포기하고 처음부터 새롭게 시작해야 했지만 그는 그 직책을 수락했다. 친구들이 송별연을 베풀었고 아쉽다며 함께 단체사진을 찍고 은제 담뱃갑을 선물해주었다. 그리고 그는 새로운 근무지로 떠났다.

예심판사로서 이반 일리치는 전임지에서 특별보좌관으로 일할 때와 마찬가지로 공과 사를 구별할 줄 알고 모범적이고 예의 바르게 처신했기 때문에 곧 모두의 존경을 받기 시작했다. 예심판사 업무는 이전의 업무보다 훨씬 더 재미있고 매력적이었다. 물론 샤르메르 양복점에서 맞춘 고급 제복을 차려입고, 지사 접견을 기다리며 긴장해서 떨고 있는 청원자들과 부러운 눈으로 바라보는 관리들 눈앞을 아무렇지도 않다는 듯이 거침없이 지나쳐 곧바로 지사 집무실로 걸어들어가 지사와 함께 담배를 피우고 차를 마시는 것 역시 아주 기분 좋은 일이었다. 하지만 그의 권한으로 직접 다룰 수 있는 사람들은 별로 없었다. 그런 사람들은 위임을 받아 출장을 가서 만나게 되는 지방 경찰관들이나 분리파 교도 정도였다. 그는 그런 사람들을 대할 때 아주 공손하게, 거의 동료처럼 대하기를 좋아했다. 그는 사람들이, 마음만 먹으면 당장이라도 자신들을 파멸시켜버릴 수 있는 막강한 힘을 가진 저런 사람이 자신들을 친구처럼 편하게 대해주다니 하는 그런 느낌을 받도록 세심하게 신경을 쓰며 즐겼던 것이다. 그러나 그런 사람들은 당시 그렇게 많지 않았다. 하지만 예심판사가 된 지금 모든 사람들이, 제아무리 높은 사람이든 부러울 게 없는 사람이든 예외없이 모두 이반 일리치 손안에 있었다. 그가 서류 한장에 제목을 달고 정해진 말 몇 마디만 적어버리면 제아무리 높은 사람이든 부러울 게 없는 사람이든 피고인이나 증인 자격으로 소환하여, 마음먹기에 따라 앉히지 않고 세워

둔 채로 묻는 말에 대답하게끔 만들 수 있었다. 그렇다고 이반 일리치는 이런 권력을 절대 악용하지 않았다. 오히려 그 반대로 어떻게든 좀더 부드럽게 권력을 행사하도록 노력했다. 하지만 이런 권력의식과 그것을 부드럽게 행사해야겠다는 마음가짐을 가질 수 있다는 것 자체가 이 새로운 직책의 가장 큰 재미이자 매력이었다. 이반 일리치는 업무를 볼 때, 즉 심리를 진행할 때 직무와 무관한 모든 사항을 멀리하는 기법을 신속히 터득했다. 그리고 서류상 기록할 때에는 자신의 개인적 견해를 완전히 배제하고 사실 자체만을 반영하며 특히 형식적으로 요구되는 모든 사항을 엄수함으로써 아무리 복잡한 사건이라도 쉽게 처리하는 능력을 발휘했다. 그것은 당시 아주 새로운 기법이었다. 그는 1864년 제정된 법률을 가장 앞서 실천하는 사람 중 하나였던 것이다.

예심판사가 되어 새로운 도시로 이사하면서 이반 일리치는 새로운 사람들과 친분을 쌓고 새로운 인맥을 만들어갔다. 그리고 처신이 전과는 조금 달라졌고 태도도 그에 걸맞게 약간 변화되었다. 그는 현의 권력층과는 어느정도 적당한 거리를 유지하는 한편, 대신 법원 관료들과 그 지역에서 잘나가는 부유한 귀족들과 교류하며 정부에 대해 약간의 불만을 가진 자유주의적 성향과 나름대로 개화된 시민정신 같은 것을 드러내 보이려고 노력했다. 옷 입고 치장하는 세련된 감각은 그대로 지켜가면서 그는 새로운 직무를 시작하면서부터는 턱수염을 깎지 않고 자라는 대로 그냥 기르고 다녔다.

새로운 도시에서도 이반 일리치의 생활은 여전히 아주 즐겁고 유쾌한 것이었다. 현 지사에게 약간 불만을 표하곤 하는 사교계 분위기는 화기애애하고 좋았다. 봉급도 예전보다 많이 올랐고 당시 새롭게 시작한 휘스트 카드놀이는 그의 인생에서 적잖이 새로운 즐거움을 안겨주었다. 그는 카드놀이를 즐기는 법을 잘 알고 있었고 상황 판단이 빠르고 아주 정확하여 언제나 승자 편에 설 수 있었다.

새 도시에서 근무한 지 이년쯤 지나 이반 일리치는 장차 아내가 될 여성을 만났다. 쁘라스꼬비야 표도로브나 미헬이라는, 아주 매력적이고 영리하며 이반 일리치가 어울리던 사교계에서 가장 눈에 띄는 아가씨였다. 예심판사의 직무에서 벗어나 좀 쉬며 논다는 정도의 생각으로 이반 일리치는 쁘라스꼬비야 표도로브나와 가볍고 장난스러운 관계를 맺기 시작했다.

이반 일리치는 특별보좌관으로 근무할 때는 춤을 자주 추었지만 예심판사가 된 이후로는 춤을 거의 추려고 하지 않았다. 비록 신설 기관의 오등관리이지만 춤에 관한 한 다른 누구보다 잘 출 수 있습니다, 그럼 한번 보여드릴까요 하는 의미에서만 그는 춤을 추었다. 그런 맥락에서 저녁 파티가 끝나갈 때쯤 쁘라스꼬비야 표도로브나와 몇번 춤을 추었는데 바로 이렇게 춤추는 과정에서 그는 쁘라스꼬비야 표도로브나의 마음을 빼앗을 수 있었다. 그녀는 그에게 빠졌다. 이반 일리치는 결혼하고자 하는 분명한 생각을 가지고 있지 않았지만 자신에게 빠진 아가씨를 보면서 이렇게 자문했

다. '그래, 사실 결혼을 못할 이유도 없잖아?'

쁘라스꼬비야 표도로브나는 훌륭한 귀족 가문의 아가씨로 미모가 빼어나고 많진 않지만 재산도 좀 있었다. 이반 일리치로서는 좀더 화려한 결혼 상대를 찾아볼 수도 있었지만 그녀도 꽤 괜찮은 편이었다. 이반 일리치에겐 봉급이라는 수입원이 있었고 그녀도 그 정도의 재산은 있을 것이라고 생각되었다. 집안도 훌륭했을 뿐만 아니라 무엇보다 그녀가 사랑스럽고 예쁘고 아주 괜찮은 여자였던 것이다. 이반 일리치가 신부가 될 여자를 사랑했고 인생관에서 서로 공감하는 바가 있어 결혼한 것이라고 한다면 그건 바른 말이 아닐 것이다. 마찬가지로 주위 사람들이 두 사람이 잘 어울린다고 부추겨서 결혼했다고 말하는 것도 옳지 않을 것이다. 이반 일리치가 결혼하게 된 것은 두가지 사항을 고려해서였다. 우선 쁘라스꼬비야 표도로브나와 같은 여자를 아내로 맞이하게 되어 자만심이 채워졌고, 동시에 고위층 사람들이 옳다고 하는 일을 행한다는 생각이 들었기 때문이다.

그렇게 이반 일리치는 결혼했다.

결혼을 준비하는 과정, 그리고 부부간 사랑이 넘치고 가구며 그릇이며 침구며 모든 것이 새로웠던 신혼 시절은 아내가 임신하기 전까지는 너무나 좋았다. 이반 일리치는 항상 품위있게 사교계에서 인정받으며 사는 것이 삶의 아주 중요한 일부라고 생각하고 있었는데 결혼 초기에는 결혼이라는 것이 그런 가볍고 유쾌하고 즐거운 생활을 깨뜨리는 것이 결코 아니며 오히려 더욱 깊게 만들어주는 것이라고까지 생각하게 되었다. 그러나 아내가 임신하고 몇 개월도 지나지 않아 전혀 생각지도 못한, 불쾌하고 힘들고 별로 품위도 없는 새로운 일들이 벌어지기 시작했다. 그건 정말 예상치 못했던 일이고 어떻게 벗어날 도리도 없는 그런 사태였다.

이반 일리치가 보기에 아내는 아무런 이유도 없이 삶의 유쾌함과 품격을 '제멋대로'(그는 프랑스어로 이렇게 혼잣말을 하곤 했다) 파괴하기 시작했다. 이렇다 할 아무런 근거도 없이 질투하는가 하면, 자기에게만 신경을 써달라고 매달리고 사사건건 트집을 잡으면서 거칠고 불유쾌한 장면을 연출하곤 했다.

처음 한동안 이반 일리치는 예전에 자신을 구해주었던 자기 나름의 방식, 즉 인생의 문제를 심각하지 않고 가볍고 적당하게 대하는 것으로써 이런 불유쾌한 상황을 벗어나려고 했다. 그는 아내의 기분이나 감정 상태는 무시하고 전과 다름없이 가볍고 즐거운 마음으로 살아가려고 했다. 카드를 치기 위해 짝을 맞춰 친구들을 집으로 불러들이거나 자기가 직접 클럽으로 가거나 아니면 친구들 집으로 놀러가기도 했다. 그러던 어느날 아내는 거칠게 욕하며 불같이 화내기 시작했다. 그러더니 그날 이후로는 자신의 요구를 들어주지 않을 때마다 어김없이 욕을 해대는 것이었다. 그가 굽히고 들어오지 않으면, 즉 아내와 똑같이 집 안에 들어앉아 우울하게 처박혀 있지 않는다면 결코 중지되지 않을 기세였다. 이반 일리치는 두려움에 몸서리쳤다. 그는 결혼생활이란 것이 (적어도 자기 아내와는) 유쾌하고 품격있는 생활과 항상 공존할 수 있는 것은 아니다, 반대로 그런 생활을 파괴하는 경우가 많다, 따라서 이런 파괴로부터 자신을 지키기 위해 뭔가 방법을 찾아야 한다,라고 생각했다. 이반 일리치는 어떻게 하면 그런 방법을 찾을 수 있을까 고민하기 시작했다. 쁘라스꼬비야 표도로브나로서도 감히 어쩔 수 없는 유일한 부분은 공무였다. 그리하여 이반 일리치는 자신의 독립된 세계를 지키고자 공무와 관련된 온갖 의무를 핑계로 아내에 대항해 나갔다.

아내는 첫아이의 출산 때부터 아이가 젖을 물지 않는 일이라든지, 정말인지 거짓말인지 아이와 산모가 조금 아픈 일에 이르기까지 온갖 일에 남편을 끌어들였다. 이반 일리치는 그런 일에 도대체 어떻게 대처해야 할지 몰랐다. 다만 그럴수록 가정을 벗어나 자신의 세계를 만들어야만 한다는 생각을 더욱 굳혀갔을 뿐이다.

아내가 신경질적으로 더 집요하게 매달릴수록 이반 일리치는 점점 더 생활의 무게중심을 자신의 직무로 옮겨갔다. 그는 더욱더 일에 빠져들었고 명예욕도 예전보다 훨씬 강해졌다. 아주 일찍부터, 결혼한 지 채 일년도 되지 못해 이반 일리치는 결혼생활이라는 것이 삶에 편리함을 주는 점이 일부 없지 않지만 본질적으로 아주 복잡하고 힘겨운 것이라는 사실을 깨달았다. 따라서 자신의 의무를 다하기 위해서는, 그러니까 사교계에서 인정받는 품위있는 생활을 유지하기 위해서는 공직에서와 마찬가지로 결혼생활에서도 일정한 원칙을 세워 지켜가야 할 필요가 있다고 생각했다.

그래서 이반 일리치는 결혼생활에 대해 자기 나름의 태도를 확

립했다. 그는 가정생활에서 아내가 해줄 수 있는 것으로 따뜻한 식사와 집안 관리, 잠자리 등 딱 세가지 편의사항만을 기대하기로 했다. 중요한 것은 남들이 보기에 겉으로나마 가정의 품격을 잘 지켜가는 것이었다. 그외에 조금이나마 즐겁고 유쾌한 일이 있을 수 있다면 그저 감사할 따름이었다. 만일 이 세가지에 조금이라도 차질이 있거나 불평이 생기면 그는 그 즉시 자신만의 고립된 일의 세계에 파묻혀 거기서 보람을 찾았다.

이반 일리치는 우수 관리로 평가받아 삼년 뒤 검사보로 임명되었다. 검사보라는 새로운 직무와 그 일의 중요성, 누구든 법정에 세우고 감옥에 보낼 수 있는 권한, 공석에서의 연설 등등 이반 일리치가 거둔 성공은 그로 하여금 더욱더 일에 매진하게 만들었다.

아이들도 계속 태어났다. 아내는 더욱 불평을 입에 달고 살았고 화내는 일도 더욱 잦았다. 하지만 이미 가정사에 대해 원칙을 세워놓은 이반 일리치는 아내의 불평에 조금도 개의치 않았다.

같은 도시에서 칠년을 근무하고 나서 이반 일리치는 검사로 승진하여 다른 현으로 발령을 받았다. 그는 가족을 데리고 이사를 했지만 돈은 부족했고 아내는 이사 간 곳을 탐탁지 않게 생각했다. 봉급은 전보다 조금 올랐지만 대신 생활비는 더 많이 들었다. 게다가 아이 둘이 사망하는 바람에 가정생활은 이반 일리치에게 더욱 불편해졌다.

쁘라스꼬비야 표도로브나는 새로 이사 간 곳에서 좋지 않은 일이 생길 때마다 남편을 탓했다. 남편과 아내 사이의 대부분의 대화들, 특히 아이들 양육을 둘러싼 대화는 언제나 과거의 다툼을 떠올리게 만드는 문제들로 이어지고, 결국 그런 논쟁은 순식간에 새로운 싸움으로 번져가게 마련이었다. 부부로서 서로 사랑을 느끼는 때도 드물긴 했지만 없지는 않았다. 하지만 그건 그리 오래가지 않았다. 그런 시기는 이들 부부가 서로 소원한 관계 속에서 은밀한 적개심의 바다에 다시 뛰어들기 전 잠시 머무르는 작은 섬과도 같았다. 만일 이런 소원한 관계를 이반 일리치가 용납해서는 안될 일이라고 생각했다면 그것은 참으로 마음 아픈 일이었을 것이다. 그러나 이반 일리치는 이미 이런 관계를 지극히 정상적인 것일 뿐만 아니라 오히려 그렇게 만드는 것이 가정생활의 목표라고 생각하고 있었다. 그의 목표는 어떻게 해서든 이런 불유쾌한 상황으로부터 가능한 멀리 벗어나고 그런 상황 자체가 무해하면서 오히려 정상적인 것으로 여겨지게끔 만드는 것이었다. 그는 가족과 지내는 시간을 점점 더 줄여나갔고 함께 있어야 할 경우에도 가급적 다른 사람들을 불러 함께 있음으로써 자신을 지키고자 했다. 이반 일리치에게 무엇보다 중요한 것은 일이 있다는 것이었다. 그는 일 속에 파묻혀 오직 거기서 삶의 재미를 느꼈다. 그리하여 마침내 그 재미라는 것이 그를 삼켜버리고 말았다. 마음만 먹으면 누구든 잡아넣을 수 있다는 권력의식, 비록 외적인 것이지만 법정에 들어설 때나 부하 직원들을 만날 때 분명하게 전해져오는 존경 어린 시선, 상관들과 부하들 앞에서 과시할 수 있는 성공, 그리고 무엇보다 그 자신 스스로도 잘 느끼고 있는 탁월한 업무처리 능력 등등 이런 모든 것들에서 그는 기쁨을 느꼈다. 그리고 덧붙여 동료들과의 대화와 식사, 그리고 카드놀이 등등이 그의 삶을 채워갔다. 이반 일리치의 삶은 자신이 생각하고 기대한 대로 그렇게 별일 없이 즐겁고 나름대로 품위있게 흘러가고 있었다.

그렇게 그는 칠년을 더 보냈다. 그사이 큰딸은 열여섯살이 되었으며 또 한 아이는 죽고 김나지움에 다니는 아들이 남아 있었다. 이 아들은 늘 부부간 불화의 원인이었다. 이반 일리치는 애초에 아들을 법률학교에 보내고 싶어했으나 쁘라스꼬비야 표도로브니는 남편이 미운 나머지 그대로 김나지움에 보내버렸다. 딸은 집에서 교육을 받으며 잘 자랐고 아들 또한 뭐든 꽤 잘하는 편이었다.

3

결혼 후 십칠년이라는 세월이 그렇게 흘러갔다. 그사이 고참 검사가 된 이반 일리치는 몇 차례 보직이동의 기회를 고사하며 좀더 그럴듯한 좋은 자리가 나기를 고대하고 있었다. 그런 가운데 어느 날 생각지도 못하게 그의 평온한 삶을 송두리째 무너뜨리는 아주 불쾌한 상황이 벌어졌다. 이반 일리치는 대학교가 있는 큰 도시의 수석판사직을 내심 노리고 있었는데 곱뻬라는 동료가 그를 제치고 먼저 그 자리를 차지해 갔던 것이다. 이반 일리치는 큰 충격을 받았고 곱뻬는 물론 가까운 상관을 찾아가 이번 인사가 잘못된 것이라며 항의하고 언쟁을 벌이기까지 했다. 하지만 모두가 그에 대해 냉담했고 결국 다음 인사이동에서도 그는 뒤처지고 말았다.

그것은 1880년의 일이었다. 그해는 이반 일리치의 인생에서 가장 힘든 시기였다. 특히 그해 들어 봉급은 살아가기에도 빠듯했고 또 다들 그의 존재를 잊어버린 것 같았기 때문이다. 그가 보기에 자신에 대한 대접이 너무나, 너무나 말이 안되게 가혹하고 부당한 것이었지만 남들은 아주 별것 아닌 사소한 문제로 여기고 있었다. 심지어 아버지조차 도와줄 필요를 느끼지 않았다. 그는 모두로부터 버림받았다는 소외감을 느꼈다. 사람들은 연봉 3500루블을 받는 그의 지위를 보고 그만하면 지극히 정상적이고 아주 복이 많은 사람이라고 여겼다. 그런 터무니없는 부당한 처우와 끝없이 이어지는 아내의 불평불만, 그리고 분수에 넘친 생활을 하면서 늘기 시작한 부채 따위를 아는 사람은 그 자신뿐이었다. 그의 처지가 결코 정상적이지 못하다고 생각하는 사람은 오직 그 자신뿐이었던 것이다.

그해 여름 그는 휴가를 얻어 아내와 함께 처남이 살고 있는 시골로 내려갔다. 그곳에서 여름을 보내며 생활비도 좀 줄여볼 속셈이었다.

공무에서 벗어나 시골에서 지내면서 이반 일리치는 평생 처음으로 지루하다 못해 견딜 수 없이 외롭고 쓸쓸한 감정에 휩싸였다. 그리하여 도저히 이렇게 살 수는 없다는 결론을 내리고 뭔가 특단의 조치가 필요하다고 생각했다.

테라스를 서성이며 뜬눈으로 밤을 새운 이반 일리치는 수도인 뻬쩨르부르그로 가서 다른 관청으로 자리를 옮겨갈 방도를 찾아 그를 알아주지 못하는 자들에게 본때를 보여주기로 결심했다.

다음 날 그는 아내와 처남의 만류를 뿌리치고 뻬쩨르부르그행 기차에 몸을 실었다.

오직 연봉 5000의 자리를 얻어내는 것, 그것이 여행의 목적이었다. 부서가 어디든, 업무의 성격과 종류가 무엇이든 그런 건 아무 상관이 없었다. 그저 연봉 5000루블만 보장된다면 관청이든, 은행이든, 철도 관련 부서든, 마리아 여제 귀족여학교든, 세관이든 가리지 않을 작정이었다. 그를 몰라주는 현직장에서 즉시 떠날 수 있고 5000루블의 봉급만 받을 수 있으면 어디든 상관없었다.

그런데 이런 목적으로 떠난 여행에서 이반 일리치는 뜻하지 않게 놀라운 성과를 거두게 된다. 꾸르스끄에서 지인인 F.S. 일리인이 일등칸에 올라탔는데 그는 방금 전에 꾸르스끄 현 지사가 받은 전보내용을 들려주었다. 수일 내에 이를테면 뾰뜨르 이바노비치의 자리에 이반 쎄묘노비치가 임명되는 등 그의 부서 내에 대대적인 인사이동이 단행될 것이라는 정보였다.

이렇게 대대적인 인사이동은 러시아 제국 자체에서도 의미가 있는 것이겠지만 이반 일리치 개인에게도 특히 중요한 의미를 가지고 있는 것이었다. 이를테면 뾰뜨르 뻬뜨로비치라든지 특히 자하르 이바노비치 등과 같은 새로운 인물들이 부상한다는 것은 이반 일리치에게 대단히 유리한 조건이 될 수 있었다. 자하르 이바노비치는 이반 일리치의 동료이자 친한 친구였던 것이다.

모스끄바에서 이런 소식은 믿을 만한 것으로 확인되었다. 모스끄바를 지나 뻬쩨르부르그에 도착한 후 이반 일리치는 자하르 이바노비치를 찾아갔고 자신이 이전에 근무하던 법무부에 확실한 자리를 알아보겠다는 약속을 받았다.

일주일 후 이반 일리치는 아내에게 이렇게 전보를 쳤다.

'밀러의 자리에 자하르 발령 즉시 나도 임명 예정.'

이반 일리치는 이런 인사이동 덕분에 자신의 동료들보다 두 단계나 더 높게 승진하면서 전혀 예상하지 못했던 보직을 받아 연봉 5000루블에 이사비용까지 3500루블을 보장받으면서 예전에 근무하던 부서로 부임하게 되었다. 그러자 원수처럼 그렇게 보기 싫던 사람들과 근무 부서에 대한 원망의 마음이 눈 녹듯 사라졌고 너무나 행복했다.

이반 일리치는 오랜만에 아주 흡족한 마음으로 시골로 돌아왔다. 쁘라스꼬비야 표도로브나 역시 아주 좋아했고 부부 사이에 잠시 평화가 찾아왔다. 이반 일리치는 뻬쩨르부르그에서 만나는 사람마다 자신을 축하해주었다, 그에게 아주 매몰차게 등을 돌렸던 자들이 이제는 고개를 숙이고 굽실거리더라, 다들 얼마나 자신을 부러워하는지 모른다, 특히 뻬쩨르부르그에서는 모두 그를 아주 너무 좋아하더라,라는 이야기 따위를 쉬지 않고 늘어놓았다.

쁘라스꼬비야 표도로브나는 남편의 말에 귀를 기울이며 전적으로 신뢰한다는 표정으로 예전처럼 토를 달거나 반박하지 않았다. 그녀는 새로 이사 갈 도시에서 새로운 생활을 꾸려갈 계획을 짜느라 바빴다. 이반 일리치는 아내가 세우는 계획이 자신의 계획과 일치하며 오랜만에 서로의 마음이 통하는 것을 보면서 기쁨을 감추지 못했다. 잠시 휘청거리던 삶이 이제 다시 즐겁고 산뜻하고 품위 있는 이전의 삶으로 회복되는 것만 같았다.

이반 일리치는 시골에 오래 머물 수가 없었다. 9월 10일부터 업무를 시작해야 했기 때문이다. 게다가 지방 살림을 청산하고 새 임지로 이사를 해서 집도 장만해야 했고 주문하고 사들일 것도 여러 가지 아주 많아서 시간이 없었던 것이다. 집을 장만하고 꾸미는 모든 것은 마음속에 이미 다 정해져 있었고 또 그것은 쁘라스꼬비야 표도로브나의 마음과 조금도 다를 바가 없었다.

모든 일이 순조롭게 잘 진행되고 아내와도 목표가 하나로 일치하니 같이 있는 시간이 적다는 것만 제외하면 부부관계도 결혼 초기와 다를 바 없이 아주 다정하고 좋았다. 이반 일리치는 즉시 가족과 함께 이사를 가려고 했다. 그런데 갑자기 자기와 가족들에게 더할 나위 없이 친근하게 구는 처남 내외의 만류 때문에 어쩔 수 없이 일단 자기만 먼저 가기로 했다.

이반 일리치는 즐거운 마음으로 혼자 출발했다. 직장에서의 성공과 아내와의 관계회복은 서로 상승작용을 일으켜 새 임지로 향하는 그의 마음을 내내 즐겁고 흐뭇하게 만들었다. 마침 자신과 아내가 꿈꾸던 멋진 집도 하나 발견했다. 고풍스럽게 높고 넓은 응접실과 안락하고 중후한 서재, 아내와 딸이 사용할 방, 아들의 공부방 등 모든 것이 자기 가족을 위해 일부러 맞춰놓은 것만 같았다. 이반 일리치는 직접 나서서 집 안을 꾸미기로 작정하고 벽지를 고르고 가구를 사들였다. 가구는 특히 고상해 보이는 골동품을 골라

겉을 새로 단장한 뒤 배치했다. 하나둘씩 꾸며갈수록 집 안은 점점 자신이 생각했던 이상형에 가까워지기 시작했다. 집 안 정리가 반도 되지 않았을 때에도 벌써 기대 이상으로 훌륭해진 것 같았다. 모든 것이 다 갖추어지면 결코 천박하지 않으면서 중후하고 우아한 집이 될 것이었다. 그는 앞으로 완성될 거실의 모습을 상상하며 잠이 들기도 했다. 아직 마무리가 덜 된 응접실을 바라보면서는 머지않아 제자리에 설치될 벽난로와 차광판, 벽장, 그리고 적당한 자리에 흩어놓을 조그만 의자들, 여기저기 벽에 걸릴 크고 작은 접시들과 청동조각품 따위를 상상해보았다. 그는 자기와 취향이 비슷한 아내와 딸이 이 집을 보게 되면 얼마나 놀라워할까 생각하며 기쁨을 감추지 못했다. 아내와 딸은 이런 집이 준비되어 있으리라고는 상상도 못할 것이다. 그는 온 집 안에 특히 고상한 품격을 더해줄 골동품들을 운 좋게 발견하여 싼값으로 사들일 수 있었다. 하지만 편지에다는 나중에 그들을 더 놀라게 할 요량으로 일부러 좀 상황이 안 좋은 것처럼 엄살을 피웠다. 그는 이렇게 집 안을 꾸미는 일에 흠뻑 빠져서 자신이 그토록 좋아하는 관청 업무에 대해서는 애초에 마음먹었던 것만큼 신경을 쓰지 못하고 있었다. 법정에 앉아서도 커튼걸이 받침대를 반듯한 것으로 할지, 조금 굴곡이 있는 것으로 할지 정신이 딴 데 팔려 산만한 경우가 많았다. 집에 와서는 자신이 직접 가구를 이리저리 옮겨보기도 하고 커튼을 바꿔 달아보며 수선을 피우기도 했다. 그런데 한번은 도무지 말귀를 알아듣지 못하는 도배공에게 직접 시범을 보여주기 위해 사다리에 올라갔다가 발을 헛디뎌 미끄러졌다. 그러나 워낙 단단하고 민첩했던 그는 다행히 균형을 잡아 굴러떨어지지는 않고 창틀에 튀어나온 손잡이에 옆구리를 부딪치기만 했다. 부딪친 옆구리의 통증은 심했지만 금방 가라앉았다. 당시 이반 일리치는 기분이 최고였고 몸도 기운이 넘쳐나는 상태였던 것이다. 심지어 그는 십오년은 더 젊어진 것 같다고 편지에 쓰기도 했다. 집 단장은 9월 안에 끝날 것으로 예상했지만 10월 중순까지 계속되었다. 대신 더욱 멋지고 훌륭한 집이 되었다. 자기 눈에만 그런 것이 아니라 보는 사람마다 모두 그렇다고 말했다.

사실 아주 부자는 아니면서 부자처럼 보이고 싶어하는 사람들이 비슷비슷하게 공통적으로 가지고 있는 것들, 이를테면 고급스러운 비단천들, 흑단과 여러 꽃나무들, 양탄자, 청동조각품 같은 것들이 있다. 한마디로 짙은 색상에 번쩍이는 광택이 나는 것들이라고 할 수 있는데 그런 건 모두 그렇지 못한 사람들이 명문가 사람들을 흉내 내려고 사들이는 것이었다. 이반 일리치의 집 안을 꾸미고 있는 것들도 다 그래서 사실 크게 눈길을 끌지는 못하지만 그의 눈에는 모든 게 아주 특별하게 보였다. 그는 기차역으로 마중을 나가 빛나게 장식된 집으로 가족들을 데리고 왔다. 하얀 넥타이를 맨 시종이 꽃으로 장식된 현관문을 열어젖히자 가족들이 응접실로 서재로 돌아다니며 기쁨에 겨운 탄성을 질렀고 그 모습을 보며 이반 일리치는 더없이 행복함을 느꼈다. 그는 가족들에게 집 안 곳곳을 보여주며 쏟아지는 칭찬에 흐뭇한 마음을 감추지 못했다. 그날 저녁 차를 마시면서 쁘라스꼬비야 표도로브나가 넘어진 것은 어떻게 됐느냐고 걱정스럽게 묻자 이반 일리치는 웃으면서 자신이 얼마나 민첩하게 몸을 날렸는지, 그리고 도배공이 얼마나 놀랐는지 몸을 써가며 상황을 설명했다.

"내가 달리 체조선수겠소. 다른 사람이라면 크게 다쳤을 거야. 나니까 그저 여기만 부딪혔을 뿐이지. 처음에는 좀 아프더니만 금방 다 나았어요. 멍이 좀 남았을 뿐이지."

그렇게 그들은 새로운 집에서 생활을 시작했다. 물론 사람이란 게 늘 그렇듯이 잘살다보면 딱 방 하나만 더 있었으면 하고 바라는 법이고, 또 수입이 늘어 잘살다가도 늘 약간씩, 더도 덜도 말고 500루블만 더 받았으면 하고 바라는 법이다. 그들은 그런 약간의 부족함을 느끼긴 했지만 아주 만족스럽게 살아갔다. 특히 뭔가 더 사들이고 주문하고 다시 배치하고 수리하는 등 아직 손봐야 할 것이 남아 있던 이사 초기의 생활은 더할 나위 없이 좋았다. 부부 사이에 의견 대립이 없지는 않았지만 둘 다 아주 만족한 상태였고 할 일도 많았기 때문에 큰 다툼으로 번지지는 않고 모든 것이 순조롭게 잘 넘어갔다. 그러다가 드디어 모든 게 안정되고 더이상 할 일이 없어지자 다소 지루하고 뭔가 좀 부족하다는 느낌이 들기 시작했다. 그러나 그 무렵에 사람들과의 안면도 넓어지고 이런저런 관례적인 일도 늘어나고 해서 나름대로 생활이 분주해졌다.

이반 일리치는 오전을 법원에서 보내고 오후 2, 3시쯤 점심을 먹으러 집으로 돌아오곤 했다. 집에 약간의 문제가 생겨 속이 상하기는 했지만 처음 한동안 그의 기분은 아주 좋았다. (그는 식탁보나 비단 커튼에 얼룩이라도 묻거나 커튼을 묶는 줄이 끊어지기라도 하면 어쩔 줄 몰라했다. 집 안을 꾸미는 데 너무나 공을 들였기 때문에 조금이라도 뭐가 훼손되기라도 하면 속상해 견딜 수가 없었던 것이다) 하지만 삶이란 가볍고 즐겁고 품위있게 흘러가야 한다는 소신대로 이반 일리치의 삶은 대체로 그렇게 적당하게 흘러가고 있었다. 그는 아침 9시에 자리에서 일어나 커피를 한잔 마시며 신문을 읽은 다음 제복을 차려입고 법원으로 출근했다. 그곳에는 이미 그를 끌고 갈 고삐가 준비되어 있었기에 가자마자 그 고삐에 자신의 코를 꿰기만 하면 되었다. 청원자들과 집무실에 쌓인 각종 질의서들, 일상의 업무와 공판과 공판 준비회의 등등이 바로 그 고삐였다. 이런 일을 할 때는 모든 날것들, 살아 있는 생생한 것들을 배제하는 요령이 필요했다. 그런 것들은 항상 공무의 정상적인 흐름을 방해하게 마련이다. 따라서 공무 외에는 사람들과 어떤 관계도 맺지 말아야 하고 설혹 어떤 관계가 발생할 동기가 있다 해도 그 동기 역시 공적인 것이어야 하고 그렇게 맺어진 관계 역시 공적인 것이어야 했다. 이를테면 뭔가 알고 싶어하는 사람이 그를 찾아왔을 때 이반 일리치는 자신의 직무를 떠난 일반인으로서는 그 사람과 그 어떤 사적인 관계도 맺지 않았다. 하지만 만일 이 사람이 법원 직원이고, 특히 공문서 결재상 이름이 올라 있는 사람이라면 최선을 다해 할 수 있는 모든 일을 완전하게 다 해주었다. 물론 인간적이고 친밀하게, 즉 매우 정중하게 대하는 것도 결코 잊지 않았다. 하지만 공적인 관계가 끝나면 다른 모든 관계도 깨끗이 정리했다. 이처럼 공사를 혼동하지 않고 엄격하게 구분하는 데에서 이반 일리치는 최고의 수완을 보여주었다. 그것은 타고난 재능과 오랜 경험을 통해 놀랄 만큼 빼어나게 조련된 것이었다. 심지어 그는 어떤 경지에 오른 거장들이 그렇듯이 가끔 인간적인 것과 공적인 관계를 뒤섞어 장난치는 여유를 보이기까지 했다. 그가 이렇게 여유를 부리는 것은 필요하다면 언제든지 다시 공적인 것을 취하고 인간적인 것을 버릴 수 있다는 자신감이 있었기 때문이었다. 이반 일리치는 이런 일을 너무나 쉽고 즐겁고 고상하게, 게다가 거장처럼 능수능란하게 해냈다. 그는 휴식시간에 담배를 피우고 차를 마시며 정치나 일상적인 문제들, 카드놀이 등에 대해서도 이야기를 나누기는 했지만 무엇보다 큰 관심의 대상은 인사이동 같은 문제였다. 그리고 몸은 피곤하지만 다른 사람들보다 훨씬 빼어나게 연주를 해낸 오케스트라의 제1바이올리니스트처럼 뿌듯한 마음으로 귀가하곤 했다. 집에 돌아오면 아내와 딸은 어딘가로 외출 중이거나 아니면 손님을 맞이하고 있었다. 아들은 김나지움에 다녀와서 과외교사와 수업준비를 하거나 배운 것을 복습하고 있었다. 모든 것이 잘 돌아가고 있었다. 느지막하게 오찬을 하고 나서 손님이 없을 때면 이반 일리치는 사람들 입에 많이 오르내리는 책을 손에 들기도 했다. 그리고 저녁 무렵이 되면 다시 일을 했는데 서류를 검토하고 법조문을 들춰보며 증거자료들과 그에 적용할 법을 따져보곤 했다. 그에게는 이런 일이 지겹다거나 그렇다고 딱히 즐겁지도 않았다. 카드를 칠 수 있을 때 이런 일을 하고 있다면 지겨웠을 것이지만 카드도 칠 수 없을 때라면 아내와 단둘이 마주 앉아 있는 것보다 차라리 이렇게 일에 매달려 있는 편이 훨씬 나았다. 이반 일리치는 사회적 신분이 높은 신사숙녀들을 초대하여 조촐한 만찬을 벌이는 것을 특히 좋아했다. 그는 자기 집 응접실이 그 사람들의 응접실과 하나도 다를 바 없으며, 그리고 자신도 그들과 다름없이 똑같이 시간을 보내며 살아가고 있다는 점을 확인하며 흡족해했던 것이다.

한번은 그의 집에서 저녁 파티가 열렸고 사람들이 춤을 추었다. 이반 일리치는 기분이 아주 좋았다. 그런데 케이크와 사탕 주문 문제로 아내와 말싸움이 크게 벌어지고 말았다. 쁘라스꼬비야 표도로브나가 나름대로 계획을 세워뒀는데 이반 일리치가 값비싼 제과점에서 사야 한다고 고집을 피우더니 케이크를 잔뜩 주문해서 결국 케이크는 남아돌고 돈은 돈대로 45루블이나 지불하게 되자 두 사람 사이에 말싸움이 벌어진 것이다. 두 사람은 볼썽사납게 언성을 높였다. 쁘라스꼬비야 표도로브나는 남편에게 '멍청이, 고집불통'이라고 소리쳤고 이반 일리치는 자기 머리를 쥐어뜯으며 이혼을 연상시키는 단어들을 마음속에 떠올렸다. 그러나 파티 자체는 아주 즐거웠다. 최상류층 사람들이 참석했고 이반 일리치는 '내 슬픔을 가져가주오'[1]라는 단체를 설립한 것으로 유명한 분의 여동생

---

[1] 당시 러시아 사회에 정체를 알 수 없는 온갖 사회단체들이 우후죽순으로 생겨난 것에 대해 작가가 풍자하는 표현.

인 뜨루뽀노바 공작 부인과 춤을 추기도 했다. 공적 업무에서 느끼는 기쁨은 자존심을 세워주었고 사교계 생활에서의 기쁨은 허영심을 채워주었다. 하지만 이반 일리치가 진정으로 기쁨을 느끼는 것은 카드놀이였다. 모든 일이 끝난 후, 살면서 부딪힐 수밖에 없는 그 어떤 불쾌한 사건들이 있었다 하더라도, 마치 촛불처럼 다른 모든 것들 앞에 환하게 타오르는 기쁨이 있다면 그것은 마음에 맞는 좋은 친구들과 둘러앉아 너무 시끄럽지 않게 카드를 치는 것이라고 말할 수 있었다. 네명이 짝을 이루어 (다섯이라도 난 좋아,라고 말하긴 했지만 한번씩 빠져서 쉴 때는 속이 쓰렸다) 머리를 쓰고 진지하게 (적어도 카드를 칠 때는) 게임하고 그러고 나서 뭘 좀 먹고 포도주를 한잔 마시는 것, 그것은 그에게 진정한 기쁨을 가져다주는 것이었다. 게임에서 이겨 조금 딴 후 (많이 따는 것은 좋아하지 않았다) 이반 일리치는 특히 최상의 기분으로 잠자리에 들곤 했다.

그들은 그렇게 살아가고 있었다. 그들은 최고 상류사회에 속해 있었고 지체 높은 사람들은 물론 젊은 사람들도 그들 집에 드나들었다.

남편과 아내, 딸은 주변 사람들을 바라보는 시각에서 모두 완벽하게 일치했다. 벽마다 일본제 자기 접시들이 걸린 응접실에 몰려와서 친하게 구는 온갖 부류의 친구며 일가친척들, 초라한 사람들을 그들은 굳이 서로 말하지 않더라도 깨끗하게 물리치고 멀리했다. 결국 그런 꾀죄죄하고 시시한 친구들은 발길을 끊게 되고 골로

빈 집안에는 최상층의 사람들만이 드나들게 되었던 것이다. 젊은 이들은 딸 리자를 열심히 쫓아다녔는데 그중에는 드미뜨리 이바노비치 뻬뜨리셰프의 아들로 유일한 상속자인 예심판사 뻬뜨리셰프도 끼어 있었다. 이반 일리치는 저 두 사람이 뜨로이까를 타고 멀리 나가게 해도 될지, 아니면 연애사건이 크게 번지도록 둘 것인지 등에 관해 쁘라스꼬비야 표도로브나와 의견을 나누었다.

그렇게 그들은 살아갔다. 모든 것은 별다른 변화 없이 아주 순조롭게 잘 흘러갔다.

4

모든 가족이 다 건강했다. 이반 일리치가 가끔 입안에 이상한 맛이 돌고 배 왼쪽이 조금 불편하다고 하긴 했지만 그의 건강에 이상이 생겼다고까지 말할 건 아니었다.

하지만 이 거북하고 불편한 증상이 점점 더 심해지더니 통증이라고까지는 아니더라도 옆구리가 묵직한 느낌이 떠나지 않아 기분이 아주 불쾌했다. 그리고 상태가 점점 더 악화되면서 이반 일리치가 늘 불쾌한 기분으로 인상을 쓰다보니 집안에 형성되어 있던 가벼운 기쁨과 품위있는 생활의 분위기가 마침내 위협받기에 이르렀다. 남편과 아내 사이의 말다툼이 잦아지면서 가볍고 유쾌한 안락함은 사라지고 그들은 겉으로만 간신히 품위를 유지하게 되었다.

예전에 자주 있었던 그런 장면들이 거듭 반복되었다. 폭발하지 않고 남편과 아내가 서로 잠시 진정할 수 있는 작은 섬들이 다시 만들어지곤 했지만 이번에는 그 섬의 수가 아주 적었다.

쁘라스꼬비야 표도로브나가 남편의 성격이 견디기 힘든 성격이라고 대놓고 말해도 이제 그건 전혀 근거없는 말이 아니었다. 그녀는 모든 걸 과장해서 말하는 버릇이 있었는데, 자신의 성격이 좋았기에 망정이지 남편의 저런 끔찍한 성격을 이십년 동안 참고 살 수 있는 사람은 아무도 없었을 것이라고 공공연히 말하고 다녔던 것이다. 사실 이제 싸움의 원인은 늘 이반 일리치로부터 비롯되었다. 이반 일리치는 꼭 만찬을 앞두고, 그러니까 식사할 때 수프를 먹으면서부터 시비를 걸기 시작했다. 그릇의 이가 나갔다거나 음식 맛이 말이 아니다거나 하면서 트집을 잡았던 것이다. 아들이 식탁에 팔꿈치를 올리고 먹는 것도, 딸의 머리 모양도 다 마음에 들지 않았다. 그리고 그 모든 걸 항상 아내의 탓으로 돌렸다. 처음에는 쁘라스꼬비야 표도로브나도 발끈해서 험한 말로 맞대응했다. 하지만 식사를 시작할 때 두어 차례 아주 미친 듯이 화내는 모습을 보고는 남편의 그런 상태가 음식을 섭취할 때 나타나는 병적 증세라고 생각하고 참아주기로 마음먹었다. 그래서 그녀는 남편에게 굳이 반박하지 않고 서둘러 식사를 끝내버리려고 했다. 쁘라스꼬비야 표도로브나는 자신의 이런 인내를 위대한 미덕이라고 생각했다. 남편의 그런 끔찍한 성격으로 인해 자신의 인생이 불행해졌다고 결론을 내리고 나니 그녀는 자신이 불쌍하게 생각됐다. 그리고 자신이 불쌍하다고 생각할수록 남편에 대한 증오는 더욱 커져갔다. 그녀는 남편이 빨리 죽어버리기라도 했으면 하는 마음까지 들었지만 실제로 그렇게 되길 바랄 수는 없었다. 남편이 죽으면 봉급도 없을 것이기 때문이었다. 이런 생각을 하니 남편이 더욱 싫어져 치가 떨렸다. 남편이 죽는다고 해도 자신이 구원받을 바가 없다고 생각하니 더욱더 끔찍한 불행을 느꼈던 것이다. 그녀는 치밀어오르는 분노를 느끼면서도 그런 마음을 감추려고 애썼다. 그러나 애써 분노의 감정을 감추고 있는 아내의 모습은 이반 일리치의 분노를 더욱 끓어오르게 했다.

이반 일리치가 유난히 억지를 부려서 한바탕 부부싸움을 벌인 어느날 그는 자신이 화낸 이유를 설명하다가 사실은 요즘 병에 걸려 아파서 그렇다고 아내에게 털어놓았다. 아내는 병에 걸렸으면 치료해야 되지 않느냐며 유명한 의사를 찾아가보라고 등을 떠밀었다.

그는 의사를 찾아갔다. 하지만 모두 예상한 대로였다. 언제나 그렇고 그런 빤한 절차가 시작되었다. 차례 기다리기, 짐짓 근엄한 의사의 얼굴 표정, (사실 그런 표정은 이반 일리치가 법정에서 짓고 있는 것으로 익숙한 것이었다) 이곳저곳 두드려보기, 청진기 대보기, 빤한 대답을 요구하는, 그래서 대답할 필요도 없는 질문들, 이제 우리에게 다 맡겨두십시오, 우리가 다 알아서 할 겁니다, 우린 다 알고 있고 뭐든 분명히 다 잘해드릴 겁니다, 모든 사람에게 우린 똑같이 대해드립니다,라고 말하는 듯한 심각한 표정 등등 모든 것이 그랬다. 그 모든 것이 법원에서와 다를 바가 없었다. 저명하다는 의사도 그가 법정에서 피고를 대할 때와 똑같은 태도로 그를 대했다.

의사는 이런저런 사실을 들먹이며 귀하의 몸속에 무엇무엇이 있다, 만일 이런저런 검사를 해도 분명하게 확인되지 않으면 우선 이런저런 병을 가정해봐야 한다고 말하곤 한다. 만일 이런저런 병을 가정해본다면 그렇다면 뭐가 어떻고 저렇다 등등…… 하지만 이반 일리치가 알고 싶은 것은 딱 하나, 상태가 심각한지 아닌지 여부였다. 그러나 의사는 무슨 그런 질문을 하느냐는 듯 무시해버렸다. 의사의 입장에서 보면 그런 질문은 한가하고 대답할 가치도 없는 것이었다. 의사에게 중요한 것은 오직 신하수증인지, 만성대장염인지, 맹장염인지, 그럴 가능성은 없는지를 가늠해보는 것뿐이다. 의사는 이반 일리치의 생명에 대한 질문은 안중에 두지 않고 오직 신하수증인지 맹장염인지 고민하고 있었다. 그리고 마침내 이반 일리치가 보는 앞에서 아주 멋들어진 모습으로 훌륭하게 맹장염 쪽으로 가닥을 잡는 것이었다. 물론 소변검사를 해보고 새로운 증상이 나타나면 그때 가서 재검을 해봐야 한다고 단서를 달았다. 이런 모든 것들은 이반 일리치가 피고인들을 대하면서 멋지게 수천번도 더 써먹었던 그런 방법이었다. 의사 역시 안경 너머로 자신의 피고를 바라보며 얼핏 명랑하게도 보이는 엄숙한 표정으로 멋지게 자신의 결론을 내리고 있었던 것이다. 의사가 내린 간략한 결론을 바탕으로 이반 일리치는 어쨌든 자신의 상태가 좋지 않다고 결론을 내렸다. 그리고 자기가 아프다고 해서 의사를 비롯하여 그 누구도 결코 아무런 신경을 쓰지 않을 것이라는 생각이 들었다. 이런 결론을 내리고 나자 이반 일리치는 자신에 대한 깊은 연민에 휩싸였다. 그리고 이렇게 중차대한 문제에 대해 아무렇지도 않은 태도를 보이는 의사의 무관심에 커다란 적개심을 느끼면서 마음이 몹시 아팠다.

그러나 그는 아무 말도 하지 않고 일어나 탁자에 돈을 꺼내놓고 한숨을 내쉬고는 이렇게 말했다.

"분명 우리 같은 환자들이 좀 말이 안되는 질문을 합니다만, 그 래도 하나 여쭤보고 싶은 말씀이 있습니다. 그러니까 대체 위험합 니까, 아닙니까?"

의사는 표정이 굳으며 안경 너머 한쪽 눈으로 그를 바라보았다. 그 표정은 만약 피고가 허용된 범위를 벗어나 질문한다면 나는 부 득이 피고를 이 법정에서 끌어내라는 명령을 내리지 않을 수 없습 니다,라고 말하는 것 같았다.

"저는 이미 필요한 말씀을 적절하게 다 드렸습니다. 더 정확한 것은 검사 결과가 나와봐야 압니다."

의사는 이렇게 말하며 고개를 숙여 인사했다.

이반 일리치는 천천히 병원을 나와 썰매 마차를 타고 집으로 돌 아왔다. 돌아오는 길 내내 그는 의사가 한 말을 하나하나 곱씹어 보며 복잡하고 모호한 전문용어들을 평범한 말로 바꿔서 이해해 보려고 애썼다. 여전히 그가 알고 싶은 것은 그러니까 아주 심해서

중병이라는 건가, 아니면 아직은 걱정할 정도는 아니라는 것인가였다. 결국 의사가 한 말은 아주 심각하다는 의미로 받아들여졌다. 눈에 들어오는 거리의 모든 것이 더욱 우울해 보였다. 마부도 우울하고 집도 우울하고 지나가는 행인들도 우울하고 상점들도 우울했다. 잠시도 쉬지 않고 고통스럽게 찾아오는 정체를 알 수 없는 통증은 잘 알아들을 수 없는 의사의 말과 함께 전과 달리 더욱 심각한 의미로 다가왔다. 이반 일리치는 새삼 무거운 마음으로 통증에 더욱 신경을 쓰게 되었다.

그는 집으로 돌아와 의사를 만나고 온 일을 아내에게 이야기했다. 아내는 귀 기울여 남편의 이야기를 듣고 있었는데 이야기 중간에 모자를 쓴 딸애가 들어왔다. 제 어머니와 함께 외출하려던 참이었던 것이다. 딸은 앉아서 아버지의 지루한 이야기를 마지못해 듣고 있었지만 오래 참지는 못했고 아내도 이야기를 끝까지 다 듣지 않고 이렇게 말했다.

"어쨌든 아주 잘됐네요. 그러니까 이제부터 제발 신경 써서 꼬박꼬박 약을 드세요. 처방전 이리 주세요. 게라심을 약국에 보내야겠어요."

아내는 이렇게 말하고 옷을 갈아입기 위해 자기 방으로 들어갔다.

그는 아내가 방 안에 있는 동안 숨도 제대로 쉬지 못하다가 아내가 방에서 나가자 깊게 한숨을 내쉬었다.

"그래, 뭐. 어쩌면 아직은 정말 괜찮은 건지 모르지."

그는 혼잣말로 중얼거렸다.

그는 약을 복용하면서 의사의 지시사항을 그대로 따르기 시작했다. 그 지시사항은 소변검사 결과에 따라 바뀌었다. 그러나 여기서 소변검사 결과와 그에 따라 나타나야 할 증상 사이에 뭔가 일치하지 않는 다소 혼란스러운 현상이 나타났다. 의사의 말을 토대로 해서는 절대 이해할 수 없는 현상이었지만 어쨌든 의사가 말하는 그런 증상들은 나타나지 않았던 것이다. 의사가 뭔가 잊어버렸거나 아니면 거짓말을 했거나 그것도 아니면 뭔가 숨기고 말하지 않은 것 같았다.

그러나 이반 일리치는 어찌 됐든 정확하게 의사의 지시사항을 따랐고 처음 한동안은 그걸로 스스로 위안을 삼을 수 있었다.

의사를 만나고 온 뒤로 위생과 약 복용에 관한 지시사항을 충실히 지키는 한편 자신의 통증과 몸속에서 느껴지는 모든 움직임과 변화를 세심히 관찰하는 것이 이반 일리치의 주요 일과가 되었다. 그리고 이제 사람들의 병과 건강이 이반 일리치의 커다란 관심사가 되었다. 누군가 그 앞에서 병든 사람이나 죽은 사람, 병을 이겨낸 사람, 특히 자신과 비슷한 병을 앓고 있는 사람에 대해 이야기하면 그는 애써 흥분을 감추며 경청했고 꼬치꼬치 캐물으며 자신의 병과 비교해보고 나름대로 도움이 되는 방안을 찾으려고 했다.

통증은 좀처럼 누그러지지 않았지만 이반 일리치는 훨씬 좋아지고 있다고 믿기 위해 애써 스스로 마음을 다스렸다. 마음이 평온할 때면 그는 자기 자신을 기만할 수가 있었다. 그러나 아내와 불쾌한 일이 벌어지거나 직장에서 일이 좀 잘못되거나 카드놀이에서

운이 나쁘기라도 하면 그는 곧바로 자신이 병에 걸렸다는 사실을 온몸으로 느끼곤 했다. 예전 같으면 일이 좀 잘못되더라도 어떻게 해서라도 잘못된 일을 추슬러 좋은 방향으로 나아가도록 노력하여 결국 카드놀이에서 대승을 거두듯이 다시 성공을 거머쥐곤 했을 것이다. 하지만 지금은 조금이라도 일이 잘 안 풀린다 싶으면 금세 실의에 빠지고 말았다. 그는 이제 겨우 몸이 나아지고 약효도 나타나기 시작하는데, 그런데 이런 제기랄 놈의 재수없는 더러운 일들이 왜 자꾸 생기느냐고…… 하고 자신에게 불평하곤 했다. 그는 자신에게 닥친 불행과 자신에게 불쾌하게 굴며 자신을 파멸로 몰아가는 자들을 향해 증오를 퍼부으면서도 이런 증오심이야말로 자신을 죽이는 것이라는 점을 느꼈지만 어쩔 도리가 없었다. 주변 상황과 사람들에 대한 이런 증오가 자신의 병을 더 악화시킨다는 점, 따라서 불쾌한 일들에 대해서는 눈도 돌리지 말아야 한다는 점을 그는 분명 명확하게 알고 있었을 것이다. 그러나 그는 정반대의 태도를 취했다. 그는 자신에게 안정이 필요하다고 말하면서 안정을 깨뜨리는 모든 것에 대해 신경을 곤두세우고 지켜보다가 아주 사소한 일에도 불같이 화내곤 했다. 의학서적들을 찾아 읽고 이 의사 저 의사를 찾아다니는 것도 그의 상태를 더욱 악화시키는 요인이었다. 병세는 아주 점진적으로 서서히 악화되었기 때문에 그는 자신을 쉽게 속일 수 있었다. 매일같이 증상을 비교해보았지만 어제나 오늘이나 차이가 별로 없었던 것이다. 하지만 의사에게 진찰받을 때면 병세가 급격하게 악화되고 있다는 느낌을 받았다. 그럼에도 불구하고 그는 쉬지 않고 이 의사 저 의사를 찾아다녔다.

이번 달에도 그는 저명하다는 또다른 의사를 찾아갔다. 이번의 명의는 첫번째 의사와 거의 똑같은 말을 했지만 문제를 다른 관점에서 보았다. 그것은 이반 일리치의 의혹과 공포를 더 깊게 만들었을 뿐이다. 그의 친구의 친구이자 아주 훌륭하다고 하는 그 의사는 이제까지와는 전혀 다르게 병을 진단하면서 꼭 완치될 수 있다고 장담했다. 하지만 그는 이것저것 질문만 던져대고 이런저런 추정을 늘어놓는 바람에 이반 일리치는 더욱 혼란스럽고 의혹만 더 커져갔다. 동종요법 전문의는 훨씬 다르게 병을 진단하고 약을 처방해주었는데 이반 일리치는 아무도 모르게 그 약을 일주일가량 복용해보았다. 하지만 일주일이 지나도 아무런 차도를 보이지 않자 이번 치료방법뿐만 아니라 이전의 방법들에 대해서까지 믿음을 상실하고 더없이 침울해지고 말았다. 한번은 잘 알고 지내는 부인이 성화聖畵를 이용한 치료법에 대해 이야기해주었다. 이반 일리치는 자신이 그런 말에 열심히 귀를 기울이고 그 방법의 효능에 대해 고개를 끄덕이고 있음을 깨닫고 경악을 금치 못했다.

'내가 이렇게 정신상태까지 희미해졌단 말인가?' 그는 혼자서 이렇게 말했다.

'말도 안돼! 다 헛소리야! 그래, 의심에 빠져서는 안돼. 한 의사를 정하고 반드시 그 의사가 지시하는 대로 따라야 해. 그래, 난 그렇게 할 거야. 이제 됐어. 더이상 다른 생각 하지 않고 여름까지 한 가지 치료방법만 엄격하게 지켜나가자. 그럼 뭔가 효과가 나타나

겠지. 이제 더이상 흔들리지 말자!'

하지만 그렇게 말하기는 쉽지만 실천은 어려운 법이다. 옆구리의 통증은 계속해서 그를 괴롭히며 갈수록 심해지더니 이제는 잠시도 멈추지 않을 기세였다. 입안에서 점점 더 이상한 맛이 났고 역겹고 이상한 냄새가 풀풀 나는 것 같아 식욕도 떨어지고 기력도 현저히 약화되었다. 이제 더이상 자신을 속일 수가 없었다. 뭔가 무서운 일이, 이반 일리치가 이제까지 살아오면서 한번도 겪어보지 못한 그런 심각한 일이 그의 몸속에서 일어나고 있었다. 그걸 아는 사람은 오직 그 자신뿐이었고 주위 사람들은 아무도 이해하지 못했고 이해하려 하지도 않았다. 사람들은 그저 세상사가 전과 다름없이 그대로 흘러간다고 생각하고 있었다. 그 점이 무엇보다 이반 일리치의 마음을 아프게 했다. 집안 식구들, 특히 당시 사교계에서 한창 절정을 구가하고 있던 아내와 딸은 그의 고통을 알아주기는커녕 왜 그렇게 음울하고 까다롭게 구는지 화내며 그를 탓하는 것이었다. 물론 그들은 그런 눈치를 보이지 않으려고 애쓰기는 했지만 그는 자신이 이미 그들에게 불편한 존재가 되어버렸다는 점을 알고 있었다. 아내는 그의 병에 대해 분명한 입장을 정해놓고 그가 무슨 말을 하든 무슨 짓을 하든 개의치 않고 자기 식대로 대처했다. 이를테면 이런 식이었다.

"제 말씀은 말이지요."

그녀는 아는 사람들에게 이렇게 말하곤 했다.

"착한 사람들이 늘 그러듯이 이반 일리치는 의사 지시사항들을 잘 지키질 못해요. 오늘은 지시한 대로 약물을 복용하고 식사도 하고 정시에 잠자리에 든다 싶다가도 다음 날 제가 깜박하고 주의를 소홀히 하기라도 하면 약 먹는 것도 잊어버리고 먹지 말라는 철갑상어 고기까지 먹어치운답니다. 그러고는 새벽 1시까지 카드를 치고 오고 그래요."

"뭐라고, 내가 언제 그랬다고? 딱 한번 뾰뜨르 이바노비치 집에서 그런 걸 가지고."

이반 일리치가 화내며 이렇게 응수했다.

"셰베끄 씨 집에서도 그랬잖아요."

"어차피 아파서 잠도 잘 수 없었다고……"

"이유야 어떻든 간에 당신이 계속 그런 식으로 나가면 절대로 병이 나을 수 없을 거예요. 우리만 괴롭히는 거죠."

쁘라스꼬비야 표도로브나는 병의 책임이 전적으로 남편에게 있으며 남편이 병에 걸려 자신을 또다시 불행하게 만들었다고 다른 사람이나 남편을 향해 드러내놓고 말했다. 이반 일리치는 아내로서도 어쩔 수 없어서 그러는 것이라고 생각했지만 그렇다고 해도 마음이 풀리지는 않았다.

법원에서도 이반 일리치는 자신을 대하는 사람들의 태도가 조금 이상해졌다는 걸 알아차렸다. 아니, 알아차렸다기보다 그렇게 생각했다는 편이 옳을지도 모른다. 어떤 때는 사람들이 곧 자리를 물러날 사람을 보듯이 조심스럽게 그의 동정을 살피다가도 갑자기 다정하게 굴며 너무 병을 걱정하지 말라고 가볍게 농담처럼 말을 건네기도 했다. 저들은, 들어보지도 못한 끔찍하고도 무시무시한 그 무언가가 몸속에 틀어박혀 끊임없이 기력을 빨아먹으며 그를 꼼짝도 못하게 옭아매서 어딘가로 끌고 가는 것이 가벼운 농담거리라도 된다고 생각하는 것인가. 특히 시바르쯔의 예의 그 장난스럽고 생기발랄하며 고상한 태도를 보면 이반 일리치는 십년 전 자신의 모습이 떠올라 더욱 화가 났다.

한번은 친구들이 찾아와 카드를 치기 위해 둘러앉았다. 패를 돌리자 각자 새 카드를 살짝 구부려 부드럽게 만들었다. 이반 일리치는 다이아몬드는 다이아몬드끼리 모았다. 모두 일곱장이었다. 같은 편 파트너가 으뜸패 없이 하겠다며 다이아몬드 두장을 밀어주었다. 더 바랄 게 없었다. 즐겁고 활력이 솟았다. 이건 대승이 틀림없었다. 그런데 갑자기 이반 일리치는 빨아들이는 듯한 통증을 느끼며 입안에 이상한 냄새가 나는 것 같았다. 이런 상황에서 카드에서 이기는 것을 좋아하고 있다는 것이 왠지 기괴하다는 생각이 들었다.

그는 파트너인 미하일 미하일로비치를 건너보았다. 그는 억센 손으로 탁자를 두드리며 정중하면서도 자신만만하게 확실히 이길 수 있는 패를 이반 일리치에게 밀어주었다. 그는 이반 일리치가 손을 멀리 뻗어 수고하지 않고 편하게 패를 집을 수 있도록 이반 일리치 앞쪽으로 카드를 밀어주었다. 그걸 보고 이반 일리치는 '뭐야, 저 친구. 내가 멀리 있는 카드도 집지 못할 만큼 약해졌다고 보는 거야, 뭐야?' 하고 생각했다. 그러면서 그는 깜박하고 실수로 으뜸패 하나를 내놓아 쓸데없이 자기편을 치고 말았다. 그리하여 결국 이기기는 했지만 세번이 모자라 전승을 놓쳐버리고 말았다. 하지만 무엇보다 끔찍한 것은 미하일 미하일로비치가 괴로워하는 모습을 보면서 정작 자신은 아무렇지도 않았다는 점이다. 도대체 왜 아무렇지도 않은지 생각만 해도 자신이 끔찍했다.

모두들 그가 힘들어하는 것을 보고 물었다.

"피곤하면 그만합시다. 좀 쉬세요."

쉰다고? 천만에, 그는 조금도 피곤하지 않았다. 그들은 세판 승부를 끝까지 겨루었다. 모두들 침울해서 말이 없었다. 이반 일리치는 그렇게 된 게 자기 탓이라고 직감했지만 분위기를 다시 바꾸지는 못했다. 그들은 저녁 요기를 하고 헤어졌다. 혼자 남은 이반 일리치는 자신의 인생에 독이 스며들었고 이 독이 다른 사람의 인생에도 번져가고 있는데, 그것이 약해지기는커녕 몸속으로 점점 더 깊이 파고들어가고 있다는 뼈아픈 생각을 떨칠 수가 없었다.

육체적 고통과 더불어 이런 생각까지 덧붙어 그에게는 잠자리에 눕는 것이 끔찍한 고통 그 자체였다. 잠이 들었다가도 통증으로 깨어 일어나 뜬눈으로 밤을 새우는 날이 많아졌다. 하지만 아침이 되면 그는 다시 일어나 옷을 차려입고 출근하여 입을 놀리고 서류를 작성했다. 출근하지 않는 날이면 집 안에 틀어박혀 스물네시간 내내 멈추지 않는 통증에 괴로워했다. 그렇게 그는 파멸의 끝자락에서 자신을 이해하며 마음 아파하는 사람 하나 없이 홀로 외롭게 살아가야만 했다.

5

　그렇게 한달이 지나고 또 한달이 지나갔다. 새해를 앞두고 처남이 이반 일리치 가족이 사는 도시에 볼일이 있어 그의 집을 방문했다. 이반 일리치는 법원에 나가 있었고 쁘라스꼬비야 표도로브나는 장을 보러 외출 중이었다. 집으로 돌아와 서재에 들어섰을 때 이반 일리치는 건장한 처남이 여행 가방을 풀고 있는 모습을 보았다. 이반 일리치의 발걸음 소리를 듣고 고개를 들어 그를 바라본 처남은 순간 아무 말도 하지 못했다. 그 눈길이 이반 일리치에게 모든 걸 말해주고 있었다. 처남은 입을 크게 벌리고 아 하고 소리를 지를 뻔했다. 그런 동작이 모든 걸 확실하게 말해주고 있었다.

　"왜, 내 모습이 많이 변했나?"

"예…… 변하긴 하셨어요."

이반 일리치는 자신의 외모에 대해 계속 화제를 삼으려고 했지만 처남은 더이상 아무 말도 하지 못하고 입을 다물어버렸다. 쁘라스꼬비야 표도로브나가 돌아오자 처남은 누나를 보러 갔고 이반 일리치는 문을 걸어잠그고 거울에 비친 자신의 모습을 정면으로, 옆으로 살펴보기 시작했다. 그러다가 아내와 함께 있는 초상화를 가져다가 거울에 비친 자신의 모습과 비교해보았다. 두 모습은 엄청나게 차이가 났다. 그는 팔꿈치까지 소매를 걷어올리고 두 팔을 살펴보고는 다시 소매를 내리고 소파에 앉았다. 얼굴빛이 칠흑 같은 밤보다 더 새까맸다.

"아니야, 안돼, 이래선 안돼."

그는 이렇게 중얼거리며 벌떡 일어나 책상 앞으로 다가가 서류 더미를 펼쳐서 읽기 시작했다. 하지만 한 자도 눈에 들어오지 않았다. 그는 문을 열고 넓은 거실로 나갔다. 응접실 쪽 문이 닫혀 있었다. 그는 뒤꿈치를 들고 소리나지 않게 응접실로 다가가 아내와 처남의 대화를 엿듣기 시작했다.

"아니, 너무 과장하지 마라."

쁘라스꼬비야 표도로브나의 목소리가 들려왔다.

"과장은 무슨? 누나 눈에는 안 보여? 매형은 죽은 사람 같아. 두 눈을 좀 보라고. 산 사람 눈이 아니잖아. 대체 병명이 뭐래요?"

"아무도 모른대. 니꼴라예프(이 사람은 또다른 의사였다)가 뭐라고 하던데 난 모르겠어. 레셰띠쯔끼(또다른 저명한 의사였다)

64

말은 또 정반대고……"

이반 일리치는 조용히 물러나 자기 방으로 돌아와 누워서 생각에 잠겼다. '그래, 신장이야, 신하수증.' 그는 신장이 제자리를 이탈하여 이리저리 움직이고 있다는 의사의 말을 하나하나 떠올리며 곱씹었다. 그리고 상상력을 총동원해서 신장을 붙잡아 제자리에 고정하려고 노력했다. 조금만 노력하면 실제로 그렇게 될 것도 같았다. '아냐, 뾰뜨르 이바노비치에게 한번 가봐야겠어.' (뾰뜨르 이바노비치에게 잘 아는 의사 친구가 한명 있었다) 그는 벨을 눌러 말을 준비하라고 이르고 외출할 준비를 했다.

"어디 나가시게요, 장²?"

물어보는 아내의 목소리가 유난히 슬프고 평소 같지 않게 친근하고 다정했다.

평소의 아내답지 않은 이런 상냥함이 오히려 화를 돋우었다. 그는 음울한 시선으로 아내를 바라보았다.

"뾰뜨르 이바노비치에게 좀 가봐야겠소."

그는 의사 친구가 있는 동료의 집으로 갔다. 그리고 그와 함께 의사를 찾아갔다. 그는 의사를 만나 오랜 시간 이야기를 나눴다.

의사의 소견을 들으며 자신의 몸속에 일어나고 있는 증상에 대해 해부학적으로 생리학적으로 자세하게 들은 이반 일리치는 이제 모든 것을 이해할 수 있었다.

---

2 '장'은 이반의 프랑스식 이름. 제정러시아 시대 귀족들은 프랑스어를 사용하기 좋아하여 이름도 프랑스식으로 부르는 경우가 많았다.

맹장 안에 조그만, 아주 작은 뭔가가 들어 있는 것이다. 그건 어떻게든 고칠 수 있다. 신체 기관 중 한 기관에 에너지를 집중하고 다른 기관의 활동을 약화시키면 흡입작용이 일어나 모든 것을 정상으로 돌려놓을 수 있다고 했다. 그는 오찬 시간에 조금 늦게 나타났다. 식사하면서 즐겁게 이야기를 나누느라 그는 일하러 얼른 자리를 털고 일어나지 못했다. 마침내 서재로 돌아온 그는 즉시 업무를 보기 시작했다. 사건 기록을 읽으며 일을 했지만 일이 끝나는 대로 시작해야만 하는 뭔가 아주 중대한 일이, 더이상 미룰 수 없는 일이 하나 있다는 생각이 그의 머릿속을 떠나지 않았다. 처리해야 할 업무를 끝내자 그는 그 중대한 일이 다름 아닌 맹장이라는 사실을 떠올렸다. 그러나 그는 그런 생각을 접어두고 차를 마시러 응접실로 나왔다. 손님들이 왔었고, 그들은 이야기도 하고 피아노를 치며 노래를 부르기도 했다. 딸의 신랑이 되었으면 하는 예심판사도 와 있었다. 이반 일리치는 그들과 함께 저녁 모임을 즐겼다. 쁘라스꼬비야 표도로브나가 보기에 이반 일리치는 다른 누구보다 즐겁게 시간을 보내는 것 같았지만 사실 그는 맹장에 대한 아주 중요한 문제가 남아 있다는 점을 한순간도 머릿속에서 지우지 못하고 있었다. 11시가 되자 그는 손님들에게 먼저 일어난다며 인사하고 자기 방으로 들어갔다. 병이 나면서부터 그는 서재 옆에 딸린 작은 방에서 혼자 잤다. 방에 들어온 그는 옷을 벗고 에밀 졸라의 소설을 한권 집어들었지만 책은 읽지 않고 생각에 잠겼다. 그러자 그렇게 바라던 대로 상상 속에서 맹장이 치료되는 것이었다. 흡입과 제거, 정상적 활동 재개. '그래, 바로 이거다.' 그는 혼자 이렇게 말했다. '자연의 힘에 맡겨두는 것뿐이다.' 그는 약을 먹지 않은 것이 생각나 몸을 조금 일으켜서 약을 먹고는 다시 반듯하게 자리에 누워 몸속에 들어간 약이 약효를 발휘하면서 통증을 완화하는 과정을 가만히 지켜보았다. '규칙적으로 약을 복용하고 몸에 해로운 것을 절대 피하기만 하면 된다. 벌써 조금, 아니 훨씬 나아진 느낌이다.' 그는 옆구리를 살짝 눌러보았다. 눌러도 아프지 않았다. '그래, 아무 느낌이 없어. 맞아, 훨씬 좋아진 거다.' 그는 촛불을 끄고 옆으로 누워보았다…… 맹장이 제대로 작동하면서 흡입작용을 하고 있다. 하지만 그 순간 갑자기 너무나 익숙해진 묵직하고 찌르는 듯한 통증이, 조용히 찾아와 절대 사라지지 않던 지독한 통증이 다시 찾아왔다. 입안에 역시 익히 맡아오던 역겨운 맛이 치밀어올랐다. 심장이 멈추고 머리가 아득해지는 것 같았다. '오, 맙소사, 하느님 맙소사!' 입에서 신음이 새어나왔다. '다시, 또다시, 이런, 절대 멈추지 않는구나.' 그리고 이제 갑자기 문제가 전혀 다른 각도에서 보이기 시작했다. '맹장? 신장이라고?' 그는 혼잣말을 했다. '맹장도 신장도 다 문제가 아니다. 삶이냐 죽음이냐의 문제다…… 그래, 아직 살아 있지만 생명이 자꾸만 빠져나가고 있는데 난 잡을 수가 없다. 맞다. 더이상 나 자신을 속일 수는 없다. 내가 죽어가고 있다는 걸 나 말고는 모두들 다 분명히 알고 있다. 문제는 몇주, 아니 며칠을 더 살 수 있느냐뿐이다. 아니, 지금 당장일 수도 있다. 환하던 세상이 이제 암흑이구나. 그래, 지금 난 여기에 있는데 도대체 어디

로 간단 말이냐? 도대체 어디로?' 한기가 덮치며 숨이 멎었다. 심장
이 뛰는 소리만 들렸다.

'내가 없다는 건 어떻게 된다는 것인가? 아무것도 없다는 것인
가? 내가 없어지면 그럼 난 어디에 있다는 것인가? 정말 죽음인가?
아니야, 죽고 싶지 않아.' 그는 자리에서 벌떡 일어나 부들부들 떨
리는 손으로 더듬더듬 초를 찾다가 촛대를 마룻바닥에 넘어뜨리고
말았다. 그는 베개 위에 쓰러지듯 뒤로 벌렁 드러누웠다. '불을 켜
서 뭐해? 다 마찬가진걸.' 그는 이렇게 혼잣말을 하고 두 눈을 크게
떠 어둠 속을 응시했다. '죽음, 그래 죽음이다. 그런데 저 사람들은
아무도 모르고 알려고 하지도 않고 불쌍히 여기지도 않는구나. 그
저 즐겁게 놀기나 하는구나. (문 저쪽에서 사람들의 노랫소리와 반
주 소리가 흩어져 들려왔다) 다 마찬가지다, 저들도 모두 죽을 것
이다. 바보들 같으니. 내가 먼저 가고 너희들은 좀 나중일지 몰라도
죽음을 피할 수는 없다. 그런데도 저렇게 즐거울까, 짐승 같은 놈
들!' 그는 악에 받쳐 숨이 막히는 것 같았다. 통증이 밀려와 더이상
견딜 수 없이 고통스러웠다. 모든 사람이 이렇게 끔찍한 공포를 겪
어야만 하는 운명이라니 그럴 수가 없다. 그는 자리에서 일어났다.

'뭔가 잘못된 거야. 진정해야 해, 진정하고 모든 걸 처음부터 다
시 생각해봐야 해.' 그는 다시 생각을 가다듬기 시작했다. '그래, 병
이 시작됐을 때부터 보자. 옆구리를 부딪쳤지. 그런데 그때는 괜찮
았어. 다음 날도 괜찮았고. 그러다가 조금 쑤시기 시작하더니 점점
더 쑤셔왔지. 결국 의사를 찾아갔고 우울해지면서 자꾸 걱정이 돼

또 의사를 찾아갔었지. 그러는 사이 난 점점 더 깊은 나락으로 빠져들어갔어. 힘은 빠지고 점점 더 깊은 나락으로…… 결국 이렇게 쇠약해지고 눈빛도 죽은 사람처럼 되어버렸지. 그리고 이렇게 죽음이 찾아오고 있는데 난 맹장 생각이나 하고 있었다니. 어떻게 하면 장이나 고칠 수 있을까 하고 말이야. 이건 죽음인데. 정말 나는 죽는 걸까?' 다시 공포가 엄습했다. 그는 가쁘게 숨을 몰아쉬며 허리를 굽히고 팔꿈치를 침대 옆 탁자에 기대고 성냥을 찾기 시작했다. 그러다 탁자가 방해가 되고, 괴고 있던 팔꿈치가 아파오자 그는 불같이 화내며 있는 힘껏 팔꿈치에 힘을 주어 탁자를 뒤엎어버렸다. 그리고 그는 절망에 빠져 숨을 헐떡이며 뒤로 자빠지고 말았다. 이제라도 죽을 것만 같았다.

마침 손님들이 돌아가고 있었다. 쁘라스꼬비야 표도로브나가 손님들을 배웅하던 중에 쿵 하는 소리를 듣고 방으로 달려왔다.

"무슨 일이에요?"

"아무것도 아니오. 뭘 좀 떨어뜨린 거야."

그녀가 방에서 나가더니 초를 가지고 돌아왔다. 남편은 1000미터라도 달려온 사람처럼 힘겹게 숨을 헐떡이며 누워 있었다. 두 눈은 아내를 향한 채 움직이지 않았다.

"왜 그래요, 장?"

"아, 아무것도…… 뭐를…… 떨어뜨려서……"

그는 이렇게 말하며 '무슨 말을 하든 무슨 상관이야. 어차피 알아듣지도 못할 텐데' 하고 생각했다.

아내는 정말 사태를 파악하지 못했다. 그녀는 일어나서 바닥에 넘어진 촛대를 세워 불을 붙여주고 서둘러 방을 나갔다. 손님들을 마저 배웅해야 했기 때문이다.

그녀가 돌아왔을 때 그는 여전히 똑같은 자세로 누워서 천장을 바라보고 있었다.

"왜 그래요, 더 안 좋아요?"

"응."

그녀는 고개를 절레절레 흔들더니 남편 곁에 앉았다.

"제 말 들어보세요, 장. 제 생각인데요, 레셰띠쯔끼 선생님을 집으로 모셔오면 어떨까요?"

이 말은 저명한 의사를 불러오면 돈이 많이 들 테지만 아끼지 않겠다는 뜻이었다. 그는 독기 어린 미소를 지으며 "관둬"라고 말했다. 그녀는 조금 더 앉아 있다가 남편에게 가까이 다가가 이마에 입 맞췄다.

아내가 그에게 입 맞출 때 그는 마음속 깊은 곳으로부터 아내를 증오했으며 그녀를 확 밀쳐버리고 싶은 충동이 솟아오르는 것을 간신히 참았다.

"잘 자요. 잘 주무시도록 기도할게요."

"그래."

6

이반 일리치는 자신이 죽어간다는 사실을 깨닫고는 절망 속에서 헤어나지 못했다.

자신이 죽어간다는 사실을 마음속 깊은 곳에서는 분명히 인정했지만 여전히 그것을 받아들일 수가 없었다. 아무리 이해하려고 해도 도저히 이해되지 않았던 것이다.

이를테면 키제베터[3] 논리학에서 배운 삼단논법을 보면, 율리우스 카이사르는 인간이다, 인간은 죽는다, 고로 카이사르도 죽는다는 것이다. 이반 일리치는 이제까지 살아오면서 바로 이런 명백한

----

3 요한 고트프리트 키제베터(Johann Gottfried Kiesewetter, 1766~1819). 독일의 철학자로 칸트의 제자.

사실이 카이사르에게만 해당되지 자신에게는 도무지 해당되지 않는다고 생각해왔다. 카이사르는 인간이니까, 일반적인 인간이니까 당연히 그 말은 맞는 말이다. 하지만 이반 일리치 자신은 카이사르도 아니고 일반적인 보통 사람도 아니다. 그는 언제나 자신을 남과 전혀 다른 특별한 존재라고 생각해왔다. 그는 엄마와 아빠, 미쨔와 볼로쨔, 장난감들, 마부와 유모와 까쩬까[4], 어린 시절과 소년 시절과 청년 시절의 온갖 환희와 슬픔, 감동을 간직하고 있는 바냐[5], 특별한 바냐가 아니던가. 카이사르가 어떻게 어머니의 손에 나처럼 입 맞출 수 있을 것이며, 카이사르가 어떻게 어머니의 사각거리는 비단 옷자락을 나처럼 느낄 수 있단 말인가? 어떻게 카이사르가 나처럼 법률학교에서 고기만두 때문에 한바탕 소란을 피울 수 있단 말인가? 카이사르가 나처럼 사랑에 빠질 수 없지 않은가. 도대체 카이사르가 나처럼 재판을 진행하고 그럴 수 있단 말인가?

분명 카이사르는 인간이었고 따라서 죽음을 피할 수 없었다. 하지만 나, 나 바냐, 이렇게 나만의 감정과 생각을 가진 이반 일리치, 나에게는 전혀 다른 문제다. 내가 죽을 수 있다는 건 도저히 있을 수 없는 일이다. 그건 너무도 끔찍한 일이다.

그는 이렇게 생각했다.

'만일 카이사르처럼 내가 죽는다면 난 그런 사실을 나 스스로

---

4 미쨔, 볼로쨔, 까쩬까는 이반 일리치의 형제와 누이인 미하일, 블라지미르, 예까쩨리나의 애칭.
5 바냐는 어릴 때 이반을 부르는 애칭.

알 수 있었을 것이다. 나의 내면의 목소리가 나에게 말해주었을 테니까. 하지만 그런 말은 아직 전혀 들리지 않는다. 나도 내 모든 친구들도, 우린 카이사르와 전혀 다르다고 생각했었지. 한데 지금은, 지금은 이게 무슨 꼴이란 말인가.' 그는 계속해서 혼잣말을 되뇌었다. '그럴 수 없어. 그럴 수 없어. 하지만 현실이다. 어떻게 해야 하나? 이걸 대체 어떻게 받아들일 수 있단 말이냐.'

그는 도저히 자신의 죽음을 받아들일 수 없었다. 그는 거짓되고 병적이며 잘못된 생각을 머릿속에서 털어내고 다만 올바르고 건강한 생각을 하려고 애썼다. 하지만 앞의 생각은 단지 생각이 아니라 엄연히 살아 있는 현실로 다시 눈앞에 나타나 버티고 섰다.

그는 어떻게든 이런 생각에서 벗어나려고 다른 생각들을 차례차례 불러냈다. 그렇게 해서라도 마음의 의지를 삼고 싶었던 것이다. 그는 죽음에 대한 생각을 차단해주던 이전의 사고방식으로 돌아가려고 애썼다. 하지만 이상했다. 이전에 죽음에 대한 생각으로부터 그를 지켜주고 숨겨주고 감싸주던 모든 생각들이 이젠 아무런 효과가 없었다. 요즘 들어 이반 일리치는 대부분의 시간을 죽음에 대한 생각을 막아주던 예전의 감정 상태로 회복하려는 노력에 할애하고 있었다. 그는 자신에게 이렇게 말하곤 했다. '일이나 하자. 그래, 난 일 때문에 살아왔잖아.'

이반 일리치는 온갖 의혹을 떨쳐내면서 법원으로 출근하여 동료들과 담소도 나누고 재판정에 앉아 오랫동안 익숙한 습관대로 이런저런 상념에 잠긴 시선으로 사람들을 건너다보았다. 뼈만 앙상한 두 팔을 참나무 안락의자의 팔걸이에 걸치고 평소와 다름없이 동료에게 몸을 기울여 사건 서류를 밀어주며 귓속말을 몇 마디 나누다가 갑자기 눈길을 바로 하고 자세를 반듯하게 세우면서 의례적인 말과 함께 개정을 알렸다. 그러나 재판 중에도 사건 심리야 어떻게 진행되든 말든 빨아들일 것 같은 아픔을 동반한 옆구리의 통증이 어김없이 찾아왔다. 이반 일리치는 정신을 가다듬고 어떻게든 통증에 대한 생각 자체를 떨쳐내려고 했지만 통증은 결코 떠나지 않았다. 죽음은 전혀 비켜나지 않고 정면으로 버티고 서서 그를 바라보고 있었다. 몸이 차갑게 굳으며 눈앞이 캄캄해졌다. 그는 다시 자신에게 '정녕 죽음만이 해답이란 말인가' 하고 자문했다. 동료들과 직원들은 그렇게 뛰어나고 예리하던 재판관이 당황하며 실수를 저지르는 모습을 보면서 놀라움과 비애를 느끼지 않을 수 없었다. 그는 안간힘을 다해 몸을 추슬러 어찌어찌 재판을 끝내고 참담한 심정으로 집에 돌아왔다. 이젠 재판 업무에 매달리는 것도 자신이 숨기고 싶은 것을 더이상 숨길 수 있게 해주지 못한다는 사실을 깨달았다. 이젠 법원 일도 그를 죽음으로부터 벗어날 수 있게 해주는 방편이 되지 못했던 것이다. 더욱 기분이 좋지 않은 것은 죽음이란 놈이 다른 어떤 일도 하지 못하도록 자꾸만 그를 끌어당기고 있다는 점이었다. 그저 죽음만을 바라보도록, 피하지 않고 똑바로 죽음을 응시하도록, 모든 일을 손에서 내려놓고 그저 형언할 수 없는 고통을 느끼게만 했다.

이런 상태에서 벗어나기 위해 이반 일리치는 무엇이든 그를 지켜줄 위안이 될 만한 방어막을 찾으려고 했고 그중 어떤 것은 잠시 뿐일망정 그를 구원해주는 것 같았다. 그러나 곧바로 그 방어막은 무너져버렸다. 아니, 무너졌다기보다 투명해져버렸다는 편이 옳을 것이다. 죽음은 그 어떤 것이라도 뚫고 들어왔기 때문에 그 무엇으로도 막을 수가 없었던 것이다.

근래 들어 이반 일리치는 자신이 직접 꾸민 응접실로 나오는 경우가 부쩍 잦아졌다. 그가 사다리에서 미끄러져 넘어진 바로 그 방이었다. 그때 다친 옆구리에서 병이 시작되었으니 결국 이 방을 꾸미기 위해 목숨을 바친 것이나 다름없다는 생각을 하면 쓴웃음이 나왔다. 응접실에 들어서자 래커를 칠한 탁자 위에 무엇엔가 긁힌 자국이 눈에 들어왔다. 원인을 찾던 그는 앨범의 귀퉁이에 붙은 청동 장식의 한쪽이 구부러져 튀어나와서 그렇게 되었다는 것을 알아냈다. 그는 자신이 애정을 쏟아 만든 소중한 앨범을 집어들어 살펴보고는 딸아이와 그 친구들의 부주의함에 화가 났다. 찢겨나간 곳도 있고 사진이 거꾸로 붙어 있는 곳도 있었다. 그는 꼼꼼하게 앨범을 다시 정리하고 구부러진 청동 장식을 바르게 펴놓았다.

그러자 앨범을 놓아두는 탁자를 꽃나무가 있는 다른 쪽 구석으로 옮겨야겠다는 생각이 들었다. 그는 시종을 불렀다. 딸과 아내가 무슨 일이냐며 나오더니 탁자를 옮겨놓는 것에 반대하는 바람에 그는 언성을 높이고 화내고 말았다. 그래도 이 순간만큼은 죽음에 대한 생각도 찾아오지 않았고 죽음 역시 그의 눈앞에 나타나지 않았기 때문에 어쨌든 그는 기분이 좋았다.

하지만 그가 직접 가구를 옮기려고 하자 아내가 이렇게 말했다.

"제발요, 하인들 시키세요. 또 다치면 어쩌려고 그래요."

아내가 이렇게 말하는 순간 죽음이 방어막을 뚫고 눈앞에 어른거렸다. 잠시 어른거리는 정도로 곧 사라지리라 기대하면서도 그는 자신도 모르게 옆구리에 신경을 집중했다. 모든 것이 그대로였고 쑤시는 아픔도 그대로였다. 이제 그는 그것을 잊어버릴 수가 없게 되어버렸다. 다시 죽음이 꽃나무 뒤편에서 또렷하게 그를 바라보고 있었다. 이게 다 무슨 소용 있는 일이라고, 내가 왜 이러고 있는 거지?

'그래, 맞다. 바로 여기에서, 저 커튼을 달다가 기습당한 것처럼 목숨이 날아간 거다. 어떻게 그럴 수가 있지? 어떻게 이렇게 끔찍하고 말도 안되는 일이 일어날 수 있단 말인가. 이건 아니야. 절대 그럴 수 없어. 하지만 사실이 아닌가.'

그는 서재로 돌아가 자리에 누워 다시 혼자 죽음과 대면해야 했다. 죽음과 시선을 마주하고 있었지만 할 수 있는 것이라곤 아무것도 없었다. 그저 죽음을 바라보며 두려움에 젖어들 뿐이었다.

7

석달째로 접어들면서 이반 일리치의 병세는 아주 조금씩 서서히 악화되었기 때문에 딱히 어떻다고 설명하기가 힘들었다. 하지만 이제 모든 사람들의 관심은 오직 하나, 언제 그가 저 고통으로부터 해방되어 세상을 떠날 것인지, 그리고 언제 환자를 지켜보는 이 불편하고 갑갑한 상태에서 벗어날 수 있을지뿐이었다. 아내와 딸과 아들, 친지들과 하인들, 의사들도, 그리고 무엇보다도 이반 일리치 자신도 그걸 잘 알고 있었다.

그는 잠이 점점 줄어들었다. 아편과 모르핀이 투약되기 시작했다. 하지만 그래도 통증은 줄어들지 않았다. 반쯤 무의식 상태에 빠져 몽롱하게 정신이 희미한 상태로 처음에는 뭔가 달라진 듯 통증이 줄어드는 것처럼 느껴졌지만 이내 다시 똑같은, 아니 원래보다 더 심한 고통이 찾아왔다.

음식도 의사들의 처방에 따른 특별식이 제공되었지만 갈수록 아무런 맛도 없고 구역질만 났다.

배뇨와 배변을 위해 특수 용변기가 부착되었지만 매번 그것을 사용하는 데에도 심한 고통이 뒤따랐다. 불결함과 꼴사나운 모양새, 그리고 냄새 때문에, 또 용변을 볼 때마다 다른 사람의 도움을 받아야 한다는 점 때문에 그는 너무 괴로웠다.

하지만 이런 불쾌하고 견디기 힘든 가운데에서도 위안거리가 있었다. 배설물을 치우기 위해 게라심이 늘 찾아왔던 것이었다.

부엌일을 돕던 농부 출신의 게라심은 도시물을 먹어서 깨끗하고 건강하며 살이 통통하게 오른 젊은이였다. 그는 언제나 밝고 명랑했다. 늘 깨끗하게 러시아식으로 차려입고 이런 거북한 일을 하는 게라심을 보고 있기가 처음에는 몹시 당혹스러웠다.

한번은 용변기에서 일을 보고 몸을 일으켰지만 바지를 올릴 힘이 없었던 이반 일리치는 푹신한 안락의자에 그대로 주저앉고 말았다. 그는 힘줄만 두드러지게 드러나 있는 벌거벗은 무력한 허벅지를 두려움에 가득한 얼굴로 바라보았다.

그때 두툼한 장화에서 기분 좋은 타르 냄새를 풍기며 신선한 겨울 공기와 함께 가볍고 힘찬 걸음으로 게라심이 들어왔다. 게라심은 굵은 삼베로 만든 깨끗한 앞치마를 두르고 깨끗한 면 셔츠를 입고 있었는데 걷어올린 소매 아래로 건장한 젊은이의 팔뚝이 드러나 있었다. 그는 이반 일리치 쪽으로는 시선을 돌리지 않고 곧장 용변기 쪽으로 걸어갔다. 자기의 얼굴에 생명의 기쁨이 드러나 혹시라도 환자가 모욕감을 느끼지 않도록 극히 삼가고 있는 게 분명했다.

"게라심."

이반 일리치가 힘없이 그를 불렀다.

게라심은 순간 움찔했다. 혹시라도 자기가 뭘 잘못한 것이라도 있나 걱정하는 모습이었다. 게라심은 재빠르게 환자에게 몸을 돌렸다. 이제 갓 수염이 나기 시작한 선량하고 순진하며 신선한 젊은이의 얼굴이었다.

"예, 나리."

"이런 일 하기가 좀 그렇지, 응? 미안하구나. 나도 어쩔 수가 없구나."

"별말씀을 다하십니다요."

게라심은 두 눈을 환하게 빛내며 건강하고 하얀 이를 씩 드러냈다.

"전혀 어렵지 않습니다. 편찮으시잖아요."

그는 힘찬 두 팔을 재빠르게 놀리며 능숙하게 일을 처리하고 가벼운 걸음으로 방을 나갔다. 그리고 오분쯤 지나 역시 가벼운 걸음으로 돌아왔다.

이반 일리치는 안락의자에 그대로 앉아 있었다.

"게라심."

게라심이 깨끗하게 씻은 용변기를 내려놓는 것을 보고 이반 일리치가 불렀다.

"여기, 이리 와서 날 좀 도와줘."

게라심이 다가왔다.

"날 좀 일으켜주게. 혼자서는 힘들어. 드미뜨리를 보내버려서 말이야."

게라심은 걸을 때 가뿐하게 몸을 놀리는 것과 마찬가지로 튼튼한 두 팔로 가뿐하고 편안하게 주인을 안아 일으키고 한쪽 손으로 바지를 끌어올린 뒤 다시 자리에 앉히려고 했다. 하지만 이반 일리치는 큰 소파로 옮겨달라고 부탁했다. 게라심은 전혀 힘을 들이지도 않고, 너무 힘을 주어 꽉 붙잡지도 않고 거의 안다시피 하여 그를 소파로 데려가 앉혔다.

"고맙네. 자네는 일을 참 잘하는군, 잘해, 뭐든지……"

게라심은 다시 한번 미소를 지어 보이고 자리를 떠나려고 했다. 그러나 이반 일리치는 게라심과 함께 있는 것이 좋은 나머지 그를 보내려 하지 않았다.

"저 말이야. 이 의자를 내 쪽으로 좀 밀어줘. 아니, 여기 발밑에 좀 받쳐주게. 다리를 올리면 좀 편하거든."

게라심이 가뿐하게 의자를 가져와 소리도 나지 않게 단번에 마루에 내려놓더니 이반 일리치의 두 다리를 올려놓았다. 이반 일리치는 게라심이 자신의 다리를 높게 쳐드는 순간 아주 편안해지는 느낌이 들었다.

"다리를 높이 두니까 훨씬 낫네." 이반 일리치가 이렇게 말했다. "저쪽에 있는 쿠션도 가져다 좀 놔주게."

게라심은 시키는 대로 했다. 그는 이반 일리치의 다리를 들고 그 밑에 쿠션을 받쳐주었다. 이반 일리치는 게라심이 자기 다리를 잡고 있을 때 아주 편한 느낌이었다. 그리고 그가 다리를 내려놓으면 상태가 더 안 좋아지는 것 같았다.

"게라심." 이반 일리치가 불렀다. "지금 바쁜가?"

"전혀 그렇지 않습니다요!"

게라심이 주인을 대하는 어투는 도시 사람들에게서 배운 것이었다.

"아직 할 일이 남아 있어?"

"제가 할 일이 뭐가 있겠습니까? 다 해놓았습니다. 내일 쓸 장작만 더 패면 됩니다."

"그럼, 자네가 내 다리를 좀 높이 들고 있어주면 좋겠는데, 할 수 있겠나?"

"그럼요, 물론입니다."

게라심이 그의 다리를 더 높이 들어주자 이반 일리치는 이런 자세라면 통증이 전혀 느껴지지 않겠다고 생각했다.

"그럼 장작은 어떻게 하지?"

"걱정하지 마십시오, 나리. 다 할 수 있습니다."

이반 일리치는 게라심에게 앉아서 들고 있으라고 하고 잠시 그와 이야기를 나눴다. 참으로 이상한 일이었다. 게라심이 그의 다리를 들고 있는 동안은 몸이 훨씬 좋아지는 느낌이었다.

그때부터 이반 일리치는 종종 게라심을 불러 그의 어깨에 다리를 올려놓고 같이 이야기하는 것을 좋아했다. 게라심은 전혀 힘들어하지 않고 기꺼이, 아무렇지도 않게, 그저 선량한 얼굴로 그 일을 수행해서 이반 일리치를 감동시켰다. 이반 일리치는 다른 사람들이 가진 건강과 힘과 활력에는 시기심과 화가 났지만 게라심에 대해서만큼은 화가 나기는커녕 오히려 마음의 위로를 얻었던 것이다.

이반 일리치를 가장 힘들게 했던 것 중 하나는 거짓이었다. 그가 죽어가는 것이 아니라 병이 들었을 뿐이고 안정을 취하고 치료만 잘한다면 곧 아주 좋아질 것이라고 모두들 빤한 거짓말을 해댔다. 아무리 무슨 짓을 하더라도 갈수록 심해지는 고통과 죽음밖에 남은 것이 없다는 사실을 그 자신도 이미 잘 알고 있었다. 사람들의 거짓말은 그를 더욱 힘들게 만들었다. 사람들은 모두가 알고 있고 이반 일리치 자신도 알고 있는 사실을 인정하지 않고 끔찍한 그의 상태를 감추려고만 했다. 게다가 이반 일리치마저 그런 거짓말에 동참하게 하려고 했다. 거짓말, 죽기 직전까지도 멈추지 않을 이런 거짓말, 이 무섭고 장엄한 죽음의 의식儀式을 인사차 들렀다든지, 커튼이 어떻다든지, 오찬 자리의 철갑상어 요리가 어떻다는 따위의 일상의 사소한 것들과 같은 수준으로 격하하는 이런 거짓말, 바로 이런 거짓말이 이반 일리치는 소름이 끼치도록 끔찍하고 싶었다. 그는 사람들이 그런 거짓말을 늘어놓을 때마다 '이제 그만 거짓말은 집어치워. 내가 죽어간다는 건 당신들이나 나나 다 알고 있는 사실이잖아. 그러니까 제발 이제 최소한 거짓말을 하지 말란 말이야'라는 절규가 목구멍까지 차올랐지만 이상하게도 그걸 내뱉지는 않았다. 그가 보기에 주변 사람들은 모두 이 무섭고 끔찍한 죽음의 의식을 그저 있을 수 있는 기분 나쁜 일, 특히 조금 품위가 없는 (온몸에 더러운 냄새를 풍기는 사람이 응접실에 들어온 것 같은) 일 정도로 격하하고 있었다. 그것이 바로 그가 평생 지키려고 애써온 '품위'라는 것이었다. 그 누구도 진심으로 그를 안타까워하지 않는다고 그는 생각했다. 그의 상태를 진정으로 이해하려고 애쓰는 사람은 아무도 없었던 것이다. 그의 상태를 이해하고 진심으로 안타까워하는 사람은 오직 게라심뿐이었다. 그래서 게라심과 함께 있을 때 이반 일리치는 한결 마음이 편안했다. 특히 게라심이 다리를 들어올려주고 있을 때가 좋았다. 어떤 때에는 게라심이 잠자지 않고 거의 밤새도록 그의 다리를 들어올리고 있었다. 이럴 때면 게라심은 "아무 걱정 마십시오, 이반 일리치 나리. 저야 언제든 자면 됩니다요"라고 말하곤 했다. 혹은 "아프지 않다고 해도 이렇게 다 해줄게요"라고 느닷없이 친근한 어투와 편한 말로 이반 일리치의 마음을 특별히 위로해주었다. 게라심만이 거짓말하지 않았다. 모든 정황으로 보아 사태의 본질을 깨닫고 그걸 숨길 필요가 없다고 생각하는 사람은 게라심뿐으로, 그만이 뼈만 앙상하게 남은 쇠약해진 주인 나리를 진정으로 가엾게 여기고 있었다. 한번은 이반 일리치가 이제 그만 가라고 하자 게라심은 이렇게 대답했다.

"우린 모두 언젠가는 죽습니다요. 그러니 수고를 좀 못할 이유가 뭐가 있겠습니까?"

그의 이런 말에는 자기는 죽어가는 사람을 위해 수고하는 것이기 때문에 조금도 힘들지 않으며 또 언젠가 자기가 죽어갈 때에는 누군가가 자기를 위해 수고를 아끼지 않을 것 아니겠냐는 뜻이 담겨 있는 것 같았다.

거짓말 외에, 아니 그런 거짓말 때문에 사람들이 이반 일리치가 바라는 만큼 그를 위해 마음 아파하고 안타까워하지 않는다는 점이 무엇보다 괴로웠다. 오랜 기간 병마에 시달리던 중 어떤 때에는, 사실대로 고백하기 좀 부끄러운 일이긴 하지만, 이반 일리치는 누군가 자신을 아픈 어린아이 대하듯이 그렇게 가엾게 여기며 보살펴주기를 가장 간절히 소원했다. 어린애를 어루만지고 달래듯이 다정하게 쓰다듬어주고 입을 맞추고 자기를 위해 울어주기를 그는 바랐다. 지위가 높은 관리이고 머리가 희끗희끗한 나이였던 그에게 누구도 그럴 수는 없는 일이었지만 그래도 마음은 어쩔 수가 없었다. 그런데 게라심과의 관계에서는 그 비슷한 무언가가 들어 있었던 것이고 그래서 게라심과 있으면 한결 위로가 되었던 것이다. 이반 일리치는 소리내어 울고 싶었고 그런 자신을 누군가 다정하게 어루만지며 같이 울어주기를 바랐다. 하지만 법원 동료인 셰베끄 판사가 찾아오자 울며 동정을 구하는 대신 이반 일리치는 심각하고 엄하게 깊은 생각에 잠긴 표정을 지었다. 그리고 타성적으로 대법원 판결의 의미에 대해 자신의 견해를 표하고는 거듭 자신의 견해를 고집했다. 그 주변의, 그리고 그 자신의 이런 거짓말이 이반 일리치의 생의 마지막 순간들을 해치는 가장 무서운 독이었다.

8

아침이다. 게라심이 나가고 시종 뾰뜨르가 들어와 촛불을 끄고 커튼 한쪽을 젖힌 다음 조용히 청소를 시작했다는 것, 이것만이 아침이라는 사실을 알 수 있게 했다. 아침이든 저녁이든 금요일이든 일요일이든 무엇 하나 달라질 건 없었고 모든 것이 다 그대로였다. 찌르는 듯한 통증의 고통은 한순간도 멈추는 법이 없었다. 의식은 가물가물하게 흐려졌지만 아직 숨은 남아 있는 그런 상태였다. 점점 다가오는 저주받을 저 무시무시한 죽음, 오직 그것만이 현실이었고 다른 모든 것은 거짓이었다. 이런 마당에 며칠인지 무슨 요일인지 아침인지 저녁인지 그것이 무슨 의미가 있겠는가.

"차를 내오도록 할까요, 나리?"

'저놈은 주인들이 아침마다 차를 마시도록 하는 것밖엔 관심이 없군.' 이반 일리치는 이렇게 생각하며 말했다.

"아니다."

"편하게 소파로 옮겨드릴까요?"

'방을 치우려는데 내가 방해된다 이거지. 내가 더럽고 지저분하니까.'

이번에도 이반 일리치는 이렇게 생각하며 말했다.

"아니, 그냥 둬."

시종은 계속 부스럭거렸다. 이반 일리치가 손을 뻗었다. 뾰뜨르가 공손하게 다가왔다.

"뭐 시키실 거라도 있으신지요?"

"시계 좀."

뾰뜨르가 팔 밑에 있던 시계를 찾아 건넸다.

"8시 반이군. 다들 아직 자고 있나?"

"예, 그렇습니다요. 바실리 이바노비치 도련님은 김나지움에 가셨고요, 쁘라스꼬비야 표도로브나 마님은 나리께서 찾으시면 깨우라고 하셨습니다. 마님을 부를까요?"

"아냐, 됐어."

이렇게 대답하고 그는 '차를 한잔 마셔볼까?' 하고 생각했다.

"그래, 차를…… 가져다주게."

뾰뜨르가 문 쪽으로 향했다. 이반 일리치는 혼자 남는 것이 두려워졌다. '어떻게 저 녀석을 붙잡아두지? 그래, 약.' "뾰뜨르, 내 약

을 좀 갖다줘.'' '그래, 아직은 약이 도움이 될 수도 있지 않겠어?'
그는 수저에 약을 따라 마셨다. '아니야, 소용없을 거야. 다 쓸데없
어, 다 거짓일 뿐이다!' 그는 입안에 밴 역겹고 절망적인 맛을 느끼
면서 이렇게 단정했다. '더이상은 못 믿겠어. 하지만 이놈의 통증,
통증이라도 제발. 어떻게 한시도 멈추지 않는단 말이냐!' 그는 신
음 소리를 토하기 시작했다. 뾰뜨르가 돌아섰다.

"아냐, 어서 가서 차나 가져와."

뾰뜨르가 방을 나가고 혼자 남은 이반 일리치는 계속 끙끙 앓았
다. 그건 꼭 통증 때문만이 아니라 혼자라는 끔찍한 외로움의 절절
한 표현이었다.

'모든 게 똑같아, 계속해서, 밤이고 낮이고 끝도 없이 어쩌면 이
렇게 똑같단 말인가. 차라리 어서 빨리…… 더 빨리? 뭐가? 죽음,
암흑 말이야? 아니, 아니야, 그래도 죽는 거보단 낫지!'

뾰뜨르가 쟁반에 차를 받치고 들어오자 이반 일리치는 방에 들
어온 게 누군지, 뭐하러 들어온 건지 전혀 이해하지 못하고 멍한
눈길로 한참을 바라다보기만 했다. 뾰뜨르는 그의 멍한 시선에 어
찌할 바를 몰랐다. 그렇게 뾰뜨르가 당황해하고 있을 때 이반 일리
치의 정신이 돌아왔다.

"그래, 차…… 좋아, 내려놔. 세수하는 거나 좀 거들고 셔츠 깨끗
한 걸로."

이반 일리치는 세수하기 시작했다. 그는 쉬엄쉬엄 손과 얼굴을
씻고, 이를 닦고, 머리를 빗은 다음 거울을 바라보았다. 무섭게 변

해 있었다. 특히 창백한 이마에 머리칼이 착 달라붙은 모습이 섬뜩하도록 무서웠다.

뾰뜨르가 셔츠를 갈아입혀줄 때 그는 자기 몸뚱이를 거울에 비춰본다면 훨씬 더 끔찍할 것이라 생각되어 아예 몸에는 시선을 두지 않았다. 드디어 몸단장이 끝났다. 그는 가운을 걸치고 담요로 몸을 감싸고는 차를 마시러 안락의자에 앉았다. 한순간 아주 상쾌한 느낌이 들었지만 차를 한모금 입에 대자마자 다시 입안에 역겨운 맛이 감돌고 통증이 찾아왔다. 그는 억지로 차를 다 마시고는 다리를 쭉 뻗고 누웠다. 자리에 누운 뒤 그는 뾰뜨르를 내보냈다.

늘 모든 게 이런 식이었다. 희망이 한 방울 반짝이는가 싶다가도 이내 절망의 파도에 묻혀버리고 이어지는 통증과 통증, 괴로움과 괴로움, 모든 게 그대로였다. 혼자 있으면 견딜 수 없이 끔찍하게 외롭고, 누군가를 부르자니 다른 사람이 곁에 있으면 상태가 더욱 악화된다는 것을 그는 이미 잘 알고 있었다.

'다시 모르핀이라도 맞아서 잠시라도 이 고통을 잊을 수 있다면 좋을 텐데. 의사에게 뭐든 방법을 더 찾아보라고 해야겠어. 이대로는 안돼, 도저히 견딜 수가 없어.'

그렇게 한시간, 두시간이 흘렀다. 그리고 현관에서 벨이 울렸다. 아마 의사일 것이다. 그랬다. 의사가 틀림없었다. 생생하고 활기차며 살집이 좋은 의사는 쾌활한 표정으로 뭐, 별로 겁내실 거 없습니다, 이제 우리가 다 잘 처리해드리지요, 하고 말하는 것 같았다. 의사는 그런 표정이 이 자리에 어울리지 않는다는 것을 알면서도 이미 영원히 굳어져버린 그 얼굴 표정을 지울 수가 없었다. 그건 마치 아침부터 프록코트를 차려입고 남의 집을 방문하는 사람의 표정 같은 것이었다.

의사는 활기차게 환자를 안심시키며 손을 비볐다.

"몸이 얼었어요. 날씨가 아주 제법 춥습니다. 우선 몸부터 좀 녹여야겠습니다."

의사는 몸이나 녹일 때까지 잠깐만 기다리면 모든 문제가 다 해결될 것이라는 듯한 표정으로 말했다.

"아, 좀 어떠세요?"

이반 일리치는 의사가 사실은 '별일 없죠?' 하고 가볍게 말하려다가 그래서는 안된다고 느끼고는 '어떻게, 밤새 잘 보냈습니까?' 하고 말하는 것 같았다.

이반 일리치는 '매일 그렇게 거짓말이나 하고 부끄럽지도 않습니까?' 하고 묻고 싶은 표정으로 의사를 바라보았다.

그러나 의사는 그 표정의 의미를 이해하지 못했다.

그래서 이반 일리치는 이렇게 말했다.

"여전히 끔찍합니다. 통증이 계속되고 전혀 가라앉지 않아요. 제발 어떻게든 해주세요!"

"예, 그렇군요. 선생님 같은 환자분들은 통증이 다 그렇습니다. 자, 그럼, 이제 몸이 좀 녹았으니 아주 꼼꼼하고 정확하신 쁘라스꼬비야 표도로브나 부인께서도 제 몸이 차다고 뭐라고 하진 않으시겠지요. 자아, 이제 좀 보실까요."

의사가 환자의 손을 잡았다.

이제 의사는 장난기 어린 표정을 거두고 진지한 얼굴로 환자를 진찰하며 맥박과 체온을 재고 이곳저곳 몸을 두드려보며 귀를 대보았다.

이반 일리치는 의사의 그런 행동들이 다 쓸데없는 속임수에 지나지 않는다고 확신하였다. 하지만 의사가 무릎을 굽히고 거의 체조 동작처럼 열심히 몸을 틀어가며 심각한 표정으로 그의 몸에 귀를 대고 위아래로 진찰하자 이반 일리치는 의사가 정말 뭘 알아내는가 싶은 생각이 들었다. 그건 변호사들이 하는 말은 거짓말이고 왜 그런 거짓말을 하는지 잘 알면서도 거기에 속아넘어가는 것과 마찬가지였다.

의사는 소파에 무릎을 대고 서서 계속해서 어딘가를 두드려보았다. 그때 문 쪽에서 쁘라스꼬비야 표도로브나의 비단 옷자락이 끌리는 소리가 조용히 들리더니 의사 선생님이 오신 것을 왜 알리지 않았느냐고 뾰뜨르를 나무라는 소리가 들려왔다.

아내는 방으로 들어와 남편에게 입 맞추고는, 이미 일어났었는데 뭔가 착오가 있어서 의사 선생님이 도착했을 때 나와보지 못했다고 변명했다.

이반 일리치는 아내를 바라보며 그녀의 몸 전체를 찬찬히 뜯어보았다. 하얀 피부, 포동포동한 몸, 깨끗한 팔과 목, 매끈하게 윤기가 흐르는 머릿결, 생기가 넘치며 반짝이는 두 눈, 그는 아내의 모든 것을 질책하듯 바라보았다. 그는 영혼의 있는 힘을 모두 쥐어짜 아내를 증오했다. 아내의 몸이 조금만 닿아도 아내에 대한 증오심이 끓어오르며 견딜 수 없이 괴로웠다.

그와 그의 병에 대한 아내의 태도는 늘 그대로였다. 그건 마치 의사가 환자에 대해 한번 태도를 정하면 바꾸기 힘든 것과 같았다. 그녀가 남편의 병에 대한 태도는 의사가 하라는 대로 제대로 하지 않았기 때문에 모든 책임은 남편에게 있다, 그런데 자신은 그런 남편을 사랑하며 어떻게든 잘되도록 하고 있다는 것이다. 그녀는 이런 태도에서 한번도 벗어난 적이 없었다.

"도대체 저분은 말을 듣질 않아요! 약도 제시간에 먹는 법이 없다니까요. 게다가 더 큰 문제는 저런 상태로 누워 있는 거예요. 저렇게 다리를 높이 들고 있는 것은 분명히 몸에 해로울 텐데 말예요."

아내는 남편이 게라심에게 다리를 들고 있게 한다고 의사에게 말했다. 의사는 깔보듯 부드럽게 미소를 지었다. '어쩌겠습니까, 환자들이란 원래 저런 어리석은 짓을 가끔 생각해내곤 합니다. 할 수 없는 일이지요'라고 말하는 표정이었다.

진찰이 끝나자 의사가 시계를 들여다보았다. 그러자 쁘라스꼬비야 표도로브나가 이반 일리치에게 다음과 같이 밝혔다. 즉, 이젠 그가 원하지 않더라도 오늘은 아주 고명한 의사 선생님을 집으로 불러와서 여기 계시는 미하일 다닐로비치 선생님과 함께 공동으로 진찰하고 의견을 나누도록 하겠다는 것이다.

"이젠 더이상 제발 반대할 생각 하지 마세요. 이건 다 날 위해서

니까요."

그녀는 자신이 그를 위해 할 수 있는 건 모두 다 하겠으니 자신이 하는 일에 대해 토를 달고 나서지 말라는 듯이 비아냥거리는 투로 말했다. 그는 아무 말 없이 얼굴만 찌푸렸다. 그는 자신을 둘러싼 이 거짓말이 너무나 뒤엉켜 있어서 이젠 어떻게 해도 풀어헤칠 수가 없다고 느꼈다.

그녀가 남편을 위해서 한다는 일은 모두 그녀 자신을 위한 것이었다. 그런데 그녀는 이제 이런 일을 정말 자기 자신을 위한 것이라고 말하는 것이다. 그런 말은 이제까지와는 거꾸로 생각해야만 이해할 수 있는, 도저히 믿을 수 없는 말이었다.

실제로 오전 11시 반에 고명하다는 의사가 왔다. 또다시 몸을 두드려보고 들어보는 진찰이 시작되었고 그가 보는 앞에서, 그리고 다른 방으로 옮겨가서는 신장이니 맹장이니 하는 심각한 대화가 오갔다. 의사들은 사뭇 진지한 표정으로 질문과 대답을 주고받았다. 또다시, 환자가 직면한 단 하나 오직 중요한 문제, 즉 죽느냐 사느냐 하는 실제적인 문제는 제쳐두고 신장과 맹장에 대한 문제가 부각되고 있었다. 미하일 다닐로비치와 고명하다는 의사는 왜 신장과 맹장이 제대로 기능을 못하는지에 대해 이야기를 나누며 이제라도 뭔가 본격적인 조치를 취해서 치료할 것처럼 굴었다.

고명하다는 의사는 심각한 얼굴로, 그러나 한 가닥 희망이 없지 않다는 표정으로 작별인사를 했다. 이반 일리치는 공포와 희망이 교차하는 눈길로 잠깐 눈을 빛내며 치료될 가능성이 조금이라도 있느냐고 기어들어가는 목소리로 물었다. 돌아온 대답은 장담할 수는 없지만 가능성은 있다는 것이었다. 의사를 전송하는 이반 일리치의 기대감이 담긴 시선이 어찌나 측은하고 안돼 보였는지 왕진료를 지불하려고 서재 문을 나서던 쁘라스꼬비야 표도로브나는 그 모습을 보고 그만 울음을 터뜨리고 말았다.

희망을 북돋아주는 의사의 말에 한결 고양되었던 기분은 그리 오래가지 않았다. 여전히 똑같은 방과 똑같은 그림들, 커튼과 벽지, 조그만 약병들, 그리고 여전히 고통에 괴로운 육신. 이반 일리치는 다시 끙끙 앓기 시작했다. 주사가 처방되었고 그는 의식을 잃었다.

그가 의식을 회복했을 때에는 이미 어둑한 저녁 무렵이었다. 식사가 나오자 그는 억지로 고깃국을 조금 먹었다. 그리고 또다시, 똑같은 밤이 시작되었다.

식사를 마치고 7시 무렵에 쁘라스꼬비야 표도로브나가 어디 저녁 모임에라도 나가는 차림으로 방에 들어왔다. 풍만한 가슴을 받쳐올려 불룩하게 만들었고 얼굴에는 분칠한 흔적이 엿보였다. 저녁에 극장에 간다고 그녀가 아침에 이미 말한 바 있었다. 싸라 베르나르[6]의 방문 공연이 있었는데 아이들을 데리고 가서 보라고 이반 일리치 자신이 고집해서 특별석을 예약해둔 상태였다. 그런데 그 사실을 잊어버리고 있던 그는 아내의 차림새에 잠시 기분이 상했다. 하지만 간막이 특별석을 구해서 다 같이 가서 구경해라, 아이

---

6 싸라 베르나르(Sarah Bernhardt, 1844~1923). 당시 프랑스의 유명한 연극배우.

들의 예술 감각을 키우기 위해서 필요한 일이다라고 고집한 것이 바로 자기 자신이었던 것을 기억해내고는 화난 기분을 내색하지 않았다.

쁘라스꼬비야 표도로브나는 아주 기분이 좋은, 하지만 조금은 미안한 표정이었다. 그녀는 남편 곁에 앉아 좀 어떠냐고 물었다. 정말 걱정되어 물어보는 것이 아니라 그냥 던진 질문이라는 걸 그는 잘 알았다. 그녀 역시 그의 대답을 기다릴 것도 없이 하고 싶은 말을 꺼냈다. 사실 조금도 가고 싶은 마음은 없지만 좌석이 이미 예약돼 있고 엘렌과 딸, 그리고 뻬뜨리셰프(딸의 구혼자인 예심판사)가 가는데 젊은 애들만 가게 할 수가 없어서 어쩔 수 없이 간다는 것이었다. 그리고 자기로서는 그의 곁에 남아 있는 것이 더 좋다고 덧붙였다. 그리고 자기가 없더라도 의사의 지시사항을 꼭 잘 지켜야 한다는 당부도 잊지 않았다.

"그럼 표도르 뻬뜨로비치 뻬뜨리셰프가 인사하고 싶어하는데, 괜찮지요?! 리자도 그렇고요."

"들어오라고 해요."

젊은 육체가 한껏 드러나게 차려입은 딸이 들어왔다. 같은 육신이건만 그의 육신은 고통받고 있는데 딸은 그의 앞에서 제 몸을 뽐내고 있었다. 건강하고 아름답고, 분명 사랑에 빠진 딸은 행복을 방해하는 질병과 고통, 죽음 같은 것과 마주하고 싶지 않은 것이리라.

연미복을 입은 표도르 뻬뜨로비치가 들어왔다. 머리 한가운데에 가르마를 타고 곱슬머리 두 가닥을 이마 위에 내려뜨린 이른바 까뿔[7] 식이었다. 목은 하얀 셔츠 깃으로 바짝 조여 힘줄이 드러나 있었고 널찍하고 당당한 가슴은 하얀 셔츠로 빛났으며 탄탄한 허벅지는 통이 좁아 꽉 끼는 검은 바지를 입고 있었다. 그리고 한쪽 손에는 이미 하얀 장갑을 바짝 당겨 끼고 있었고 다른 한 손에는 원통형 모자를 들고 있었다.

그의 뒤로 김나지움에 다니는 아들이 소리없이 따라들어왔다. 새 교복을 입고 장갑을 낀 애처로운 모습의 아들은 눈 밑이 무섭도록 파랗게 그늘져 있었다. 이반 일리치는 아들의 모습이 왜 그런지 알고 있었다.

이반 일리치는 언제나 아들이 안쓰러웠다. 잔뜩 겁먹고 아버지를 마음 아프게 바라보는 시선이 그의 마음을 두렵고 아프게 했다. 게라심 외에 자신을 이해하고 진심으로 동정하는 사람은 아들 바샤뿐이라는 생각이 들었다.

모두 자리에 앉았더니 또다시 몸은 좀 어떠냐고 물었다. 그리고 잠시 침묵이 흘렀다. 리자는 어머니에게 오페라 망원경을 챙겼는지 물었다. 그리고 누가 그걸 어디로 치웠느냐고 모녀 사이에 가벼운 논쟁이 벌어졌다. 유쾌하지 않은 모습이었다.

표도르 뻬뜨로비치는 이반 일리치에게 싸라 베르나르를 본 적이 있느냐고 물었다. 이반 일리치는 처음에 무얼 물어보는 것인지 이해하지 못하다가 잠시 후 대답했다.

---

[7] 당시 유행하던 프랑스의 유명한 테너 가수 조제프 까뿔(Joseph Capoul, 1839~1924)의 머리 스타일.

"아니, 자넨 보았나?"

"예, 「아드리아나 르꾸브뢰르」[8]를 공연할 때 봤습니다."

쁘라스꼬비야 표도로브나는 그 공연에서 싸라 베르나르의 연기가 특히 좋았다고 거들었다. 딸은 엄마의 의견에 동의하지 않았다. 그녀의 연기가 얼마나 멋진지, 얼마나 실감나는지 따위에 대한 이야기가 이어졌다. 하지만 그것은 언제나 똑같은 그저 그런 이야기였다.

이야기를 나누다가 표도르 뻬뜨로비치는 이반 일리치의 안색을 살피더니 입을 다물었다. 뒤따라 다들 그를 바라보고는 입을 다물었다. 이반 일리치는 두 눈을 번뜩이며 정면을 응시하고 있었는데 뭔가 못마땅해서 몹시 화난 것이 분명했다. 어떻게든 이 상황을 수습해야 했지만 도무지 어떻게 할 수가 없었다. 우선 이 어색한 침묵으로부터 벗어나야 했다. 하지만 아무도 감히 나서지 못했다. 겉으로 품위를 지키려는 거짓된 분위기가 깨져서 있는 그대로 모든 것이 명명백백하게 눈앞에 드러나는 것이 모두에게 너무 두려웠던 것이다. 리자가 먼저 용기를 내 침묵을 깼다. 모두가 자신의 감정을 감추고 싶었는데 그녀가 먼저 입을 열어 출구를 찾은 것이다.

"그런데 이제 출발해야 돼요. 시간이 됐어요."

리자가 아버지에게서 선물받은 시계를 보며 이렇게 말하고는 표도르 뻬뜨로비치와 자기들만 아는 뭔가 의미심장한 눈길을 보일

---

8 프랑스 극작가 오귀스땡 외젠 스크리브(Augustin Eugène Scribe, 1791~1861)와 가브리엘 에르네스뜨 르구베(Gabriel Ernest Legouvé, 1807~1903)의 희곡 작품.

듯 말 듯 주고받더니 옷자락을 부스럭거리며 일어났다. 뒤따라 모두들 자리에서 일어나 인사한 뒤 방을 나갔다.

모두들 떠나자 이반 일리치는 훨씬 편안해진 느낌이었다. 거짓말들이 사라졌기 때문이다. 하지만 그들과 함께 거짓말은 사라졌지만 통증은 그대로 남아 있었다. 여전히 계속되는 통증과 여전히 계속되는 공포, 그 모든 것은 더 힘들어질 것도, 더 가벼워질 것도 없었다. 사태는 더욱 악화되었다.

일분 또 일분이 지나고, 한시간 또 한시간이 지나도 모든 게 그대로이고 모든 게 끝이 없었다. 피할 수 없는 종말이 점점 무섭게 다가오는 것 같았다.

"그래, 게라심을 불러오게."

그는 어떻게 해드려야 할지 묻는 뾰뜨르에게 이렇게 일렀다.

9

아내는 밤늦게 돌아왔다. 발끝으로 살금살금 들어왔지만 그는 아내가 들어오는 소리를 들었다. 하지만 그는 눈을 떴다가 얼른 다시 감았다. 그녀는 게라심을 내보내고 자신이 직접 곁을 지키려고 했다. 그는 그 소리를 듣자 눈을 뜨고 말했다.

"아니, 당신은 가도 돼요."

"많이 아파요?"

"그대로야."

"아편이라도 좀 드실래요?"

그는 고개를 끄덕이고 아편을 조금 마셨다. 그리고 아내는 방을 나갔다.

새벽 3시경까지 그는 혼미한 상태로 고통에 빠져 있었다. 그는 누군가 고통스러워하는 그를 어딘가 좁고 컴컴하고 깊숙한 자루 속에 집어넣으려고 자꾸만 밀어대는데 들어가지 못하고 있는 것처럼 느껴졌다. 그런 상태는 아주 끔찍하고 고통스럽게 계속되고 있었다. 그는 두려우면서도 어서 그 자루 속 나락으로 뚝 떨어져버렸으면 하고 바라다가 다시 몸부림치며 저항하고, 그러다가 또 가만히 그 상태에 몸을 맡겨놓기도 했다. 그러다가 갑자기 쿵 하고 굴러떨어졌고 그 순간 그는 정신이 들었다. 게라심은 여전히 침대 아래쪽 발치에 앉아 참을성 있는 모습으로 조용히 졸고 있었다. 그는 긴 양말을 신은 앙상한 두 다리를 게라심의 어깨 위에 여전히 그대로 올려놓고 있었다. 갓을 씌운 촛불도, 멈추지 않는 고통스러운 통증도 다 그대로였다.

"그만 가보게, 게라심."

그가 나지막이 말했다.

"괜찮습니다. 더 있겠습니다요."

"아니야, 그만 가봐."

그는 다리를 내려놓고 팔을 베고 옆으로 누웠다. 자신이 너무나 불쌍했다. 그는 게라심이 옆방으로 물러나기를 기다렸다가 더이상 참지 못하고 어린애처럼 엉엉 울기 시작했다. 한없는 무력감과 끔찍한 고독이, 사람들과 하느님의 냉혹함이, 그리고 하느님의 부재가 너무나 원망스러웠다.

'도대체 왜 제게 이런 고통을 주시나요? 왜 저를 이렇게까지 고

통스럽게 만드는 겁니까? 왜, 도대체 왜 절 이렇게까지 괴롭힌단 말입니까?'

그는 대답을 기다리지 않고 울었다. 대답은 없을 것이고 있을 수도 없다는 것에 더욱 눈물이 났다. 다시 통증이 몰려왔지만 그는 몸을 뒤척이지도 누구를 부르지도 않았다. 그는 스스로에게 말했다. '그래, 또 온단 말이지. 올 테면 오라고 해! 그런데 왜? 도대체 왜? 내가 뭘 잘못했다고 이러시는 겁니까?'

그러다가 그는 조용해졌다. 울음도 그치고 죽은 듯이 숨도 멈춘 채 정신을 집중했다. 그는 사람의 목소리가 아닌 영혼의 목소리, 내면에서 솟아오르는 생각의 흐름에 열심히 귀를 기울였다.

'네게 필요한 것이 무엇이냐?'

그가 들은 최초의 분명한 개념은 이런 말로 표현될 수 있는 것이었다.

'네게 필요한 것이 무엇이냐? 네게 필요한 것이 무엇이냐고?'

그는 그 말을 반복해서 되뇌었다.

'무엇이 필요하냐고? 더이상 고통받지 않는 것, 그리고 사는 것.'

그는 이렇게 대답했다.

그는 고통조차도 느껴지지 않을 정도로 다시 온 정신을 집중하여 귀를 기울였다.

'사는 거라고? 어떻게 사는 거 말이냐?'

영혼의 목소리가 물었다.

'전에 살던 것처럼 그렇게 사는 것이지, 기쁘고 즐겁게.'

'전에 어떻게 살았었는데? 그렇게 기쁘고 즐거웠나?'

영혼의 목소리가 다시 물었다. 그는 기억 속에서 이전에 즐거웠던 삶의 순간들을 하나씩 떠올려보기 시작했다. 하지만 이상하게도 예전에 좋았던 그 모든 순간들이 이제는 전혀 다르게 느껴졌다. 아주 어렸을 때의 추억을 빼고는 모든 것이 다 그랬다. 어린 시절에는 다시 돌아간다 해도 정말로 행복할 수 있는 그 무언가가 있었다. 하지만 그런 즐거움을 느낄 수 있는 그런 사람은 이미 존재하지 않았다. 어린 시절은 그가 아니라 전혀 다른 사람의 추억인 것 같았다.

기억이 어린 시절을 지나 현재의 그, 이반 일리치가 존재하는 순간에 이르자 그 당시 기쁨으로 생각했던 모든 것들이 눈앞에서 녹아내리며 아무것도 아닌 것으로, 심지어 구역질 나게 역겨운 것으로 변해버렸다.

어린 시절에서 멀어지면 멀어질수록, 그리고 현재에 가까워지면 가까워질수록 기뻤던 일들은 더욱더 덧없고 의심스러운 것으로 변했다. 우선 법률학교 시절이 그랬다. 그래도 아직 거기엔 조금이라도 진실하고 좋았던 점이 있었다. 쾌활함과 우정과 희망이 있었던 것이다. 하지만 고학년으로 올라갈수록 좋았던 순간들은 점점 더 사라져갔다. 현 지사 사무실에서 처음 근무할 때, 그때도 좋았던 순간들이 있었다. 한 여자에 대한 사랑의 추억이었다. 그뒤로는 모든 것이 다 뒤섞이면서 좋았던 추억들은 점점 더 줄어들었다. 그렇게 세월이 더 지날수록 좋았던 기억들은 점점 더 사라져갔다.

결혼…… 너무나 절망적이고 환멸뿐이었다. 아내의 입 냄새, 애욕과 위선! 그리고 죽은 것만 같은 공직 생활과 돈 걱정들, 그렇게 일년이 가고 이년이 가고 십년이 가고 이십년이 갔다. 언제나 똑같은 생활이었다. 하루를 살면 하루 더 죽어가는 그런 삶이었다. 한 걸음씩 산을 오른다고 생각했지만 사실은 한 걸음씩 산을 내려가고 있었던 거야. 그래, 맞나. 세상 사람들은 내가 산을 오른다고 보았지만 내 발밑에서는 서서히 생명이 빠져나가고 있었던 거야…… 그래, 결국 이렇게 됐지. 죽는 일만 남은 것이다!

그런데 왜? 왜 이렇게 된 것이지? 그럴 리가 없다. 삶이 이렇게 무의미하고 역겨운 것일 수는 없는 것이다. 삶이 그렇게 무의미하고 역겨운 것이라면 왜 이렇게 죽어야 하고 죽으면서 왜 이렇게까지 고통스러워해야 한단 말이냐? 아니다, 뭔가 그게 아니다.

'어쩌면 내가 잘못 살아온 건 아닐까?'

갑자기 그의 머릿속에 이런 생각이 찾아들었다.

'난 정해진 대로 그대로 다 했는데 어떻게 잘못될 수가 있단 말인가?'

그는 이렇게 생각하고 삶과 죽음이라는 수수께끼를 풀 수 있는 유일한 질문을 털어내며 그런 일은 전혀 있을 수 없는 불가능한 것이라고 생각했다.

'그럼 이제 네가 원하는 것이 무엇이냐? 사는 것? 어떻게 사는 것을 원하는 것이냐? 법정에서 '재판이 시작되겠습니다' 하고 외치는 법관으로서 삶이 네가 원하는 것이냐?'

'재판이 시작된다, 재판이 시작된다.'

그는 이를 악물며 되뇌었다.

'그래, 드디어 재판이 시작된다. 하지만 난 죄가 없어!'

그는 악에 받쳐 소리쳤다.

"도대체 왜?"

잠시 후 그는 울음을 멈추고 벽 쪽으로 얼굴을 돌리고 골똘히 생각에 잠겼다.

'도대체 왜, 무엇 때문에 이 끔찍한 일을 겪어야 한단 말인가?'

하지만 아무리 생각하고 또 생각해도 그는 해답을 찾을 수가 없었다. 결국 자신이 제대로 살지 못했기 때문이라는 생각이 자꾸만 찾아들었지만 그는 즉시 자신의 삶은 올바르고 정당했다고 강변하며 그 이상한 생각을 머릿속에서 털어내버렸다.

10

그리고 이주일이 더 지나갔다. 이반 일리치는 소파에서 일어나려고 하지 않았다. 그는 침대를 마다하고 소파에만 누워 지냈다. 그리고 거의 언제나 벽 쪽으로 얼굴을 돌린 채 더욱더 심하게 다가오는 극심한 고통을 외롭게 견뎌내고 있었다. 그리고 여전히 풀리지 않는 고뇌 속에 혼자서 외롭게 빠져 있었다. 이게 뭐야? 정말로 내가 죽는단 말인가? 그의 내면의 목소리는 이렇게 대답했다. 그래, 이젠 정말이야. 왜 이런 고통을 내가 겪어야 하지? 그러면 또 내면의 목소리가 대답했다. 그냥 그런 거야. 이유는 없어. 아무리 더 생각해도 결국 이런 대답 외에는 아무것도 없었다.

병이 시작되었을 때부터, 그러니까 이반 일리치가 의사를 처음 찾아갔을 때부터 그는 서로 상반된 두가지 마음의 상태를 끝없이 오가고 있었다. 하나는 도저히 이해할 수 없는 끔찍한 죽음을 기다리는 절망이었고 다른 하나는 자기 몸의 움직임을 열심히 관찰하며 치유될 것이라고 믿는 희망이었다. 어떤 때는 제 임무를 잠시 제대로 수행하지 못하는 신장이나 맹장이, 또 어떤 때는 어떻게 해도 피할 수 없는, 정체를 알 수 없는 끔찍한 죽음이 그의 눈앞에 떠올랐던 것이다.

이 두가지 상반된 마음 상태는 발병 초기부터 서로 번갈아가며 나타났다. 그러나 병이 깊어질수록 신장에 대한 온갖 상상은 더 믿을 게 못되고 환상적인 것으로 여겨졌다. 반면에 죽음이 찾아온다는 의식은 더욱 현실적인 것으로 변해갔다.

석달 전 자신의 모습과 지금, 서서히 산을 내려오고 있는 모습을 떠올려 비교해보면 남아 있던 그 어떤 희망의 가능성마저 다 무너져내리는 것 같았다.

등받이에 얼굴을 묻고 소파에 누워 지내는 요즈음 이반 일리치는 고통스럽게 고독을 견디고 있었다. 수많은 사람들이 살아가는 도시 한복판에서, 많고 많은 친구들과 가깝디가까운 가족들 곁에서 느껴야 하는 고독함, 그것은 그 어디에서도, 바다 저 깊은 바닥에서도, 땅속 깊은 곳에서도 찾을 수 없는 처절한 고독이었다. 이런 고독 속에서 이반 일리치는 그저 과거의 추억만을 떠올리며 하루하루를 버티고 있었다. 지나간 일들이 하나둘씩 주마등처럼 그의 눈앞을 스치고 지나갔다. 추억은 언제나 가장 최근의 일로부터 아득히 먼 옛날로, 어린 시절까지 거슬러올라가 거기에 머물렀다. 최근에 먹어보라고 내왔던 삶아서 익힌 자두가 생각나면, 이반 일리치의 추억 속에 이내 어린 시절 먹었던 쭈글쭈글한 설익은 프랑스 자두가 연상되었다. 그 특이한 맛과 한입 물기만 해도 입안 가득 고이던 침, 그리고 그와 더불어 그 시절의 유모와 형제, 장난감 들이 연이어 눈앞에 떠올랐던 것이다.

'이런 생각은 그만하자…… 너무 마음이 아파.' 이반 일리치는 이렇게 스스로를 타이르며 현실로 돌아왔다. 소파 등받이의 단추와 염소 가죽의 주름이 눈에 들어왔다. '염소 가죽은 값이 비싸기만 하지 약해. 그 때문에 말싸움이 있었지. 염소 가죽 때문에 싸운 일이 또 있었어. 형하고 동생이랑 내가 아버지 가방을 찢었다고 벌을 받고 있었는데 어머니가 고기만두를 가져다주셨지.'

기억은 다시 어린 시절로 달려갔고 이반 일리치의 마음은 또 아파왔다. 그는 옛날 추억들을 떨치고 다른 생각을 하려고 애썼다.

이런 오랜 옛 추억과 더불어 병이 나서 악화되었던 기억이 다시 또 겹쳐서 떠올랐다. 지금 현재로부터 멀어질수록 더욱 생명이 충만했던 시절이었다. 삶 속에 선량함도 훨씬 더 많았고 삶 그 자체도 훨씬 더 풍요로웠다. 그런데 이제 두가지 생각이 하나로 뒤섞이기 시작했다.

'갈수록 고통이 더욱더 심해지듯이 내 삶의 모든 것은 더욱더 나빠져만 갔군.'

멀리 시간을 거슬러올라간 그곳, 인생의 초기에는 환한 빛이 한

줄기 반짝이고 있지만 시간이 흐를수록 그 빛은 점점 광채를 잃고 어두워져만 갔다. 그나마 그 속도가 점점 더 빨라졌다.

'죽음에 가까워질수록 속도는 반비례로 점점 더 빨라지는군.'

이반 일리치는 이렇게 생각했다. 그러자 점점 빨라지며 추락하는 생각은 돌처럼 영혼 깊은 곳으로 떨어져내렸다. 생명도, 점점 커져가는 고통도 점점 더 빠르게 끝을 향해 떨어지고 있었다.

'떨어져내린다……'

그는 흠칫 몸을 떨며 몸부림쳐 저항하려고 했다. 그러나 이미 저항은 불가능했다. 소파 등받이를 쳐다보기도 지쳤다. 하지만 눈앞에 있어 어쩔 수 없이 보이는 소파 등받이에 시선을 고정하고 그는 기다렸다.

'저항은 불가능하다.'

그는 이렇게 혼잣말을 했다.

'하지만 왜인지, 왜 내가 이렇게 되었는지 그 이유는 알아야 하는 거 아닐까? 그것도 불가능하다. 내가 인생을 잘못 살았다고 한다면 설명이 가능하겠지. 하지만 그것만은 절대 인정할 수 없어.'

그는 자신의 인생이 얼마나 올바르고 정당하고 품위가 있었는지를 떠올리며 이렇게 부인하였다.

'그건 절대 용납할 수 없는 일이야.'

그는 입술을 움직여 웃음 띤 얼굴로 다시 한번 다짐했다. 누군가 그 웃음을 보았다면 그가 정말 웃고 있다고 생각했을 것이다.

'도저히 설명할 길이 없어! 고통과 죽음…… 도대체 왜?'

11

그렇게 또 이주일이 지나갔다. 이 이주일 동안 이반 일리치와 그의 아내가 소망하던 일이 현실로 나타났다. 뻬뜨리셰프가 딸에게 정식으로 청혼한 것이다. 청혼은 어느날 저녁에 이루어졌다. 다음날 아침 쁘라스꼬비야 표도로브나가 표도르 뻬뜨로비치가 청혼했다는 기쁜 소식을 이반 일리치에게 어떻게 알릴까 곰곰이 생각하며 그의 방으로 들어섰다. 하지만 전날 밤 이반 일리치의 상태는 더욱 악화되어 새로운 변화가 발생하였다. 쁘라스꼬비야 표도로브나는 늘 있던 대로 소파에 누워 있지만 자세는 변한 남편을 발견했다. 그는 똑바로 누워 천장만 응시하며 신음하고 있었다.

그녀는 약에 대해 이야기를 꺼냈다. 그는 아내에게 시선을 돌렸다. 그녀는 시작한 이야기를 다 마칠 수가 없었다. 남편의 눈빛 속에서 아내인 자신에 대한 증오심을 보았던 것이다.

"제발, 날 편안히 죽게 내버려두시오."

그가 이렇게 말했다.

그녀는 그대로 방을 나가려 했지만 그 순간 딸이 들어와 인사를 하러 다가왔다. 그는 아내를 바라보던 그 눈빛 그대로 딸을 바라보았다. 그리고 좀 어떠시냐며 인사하는 딸에게 이제 곧 모두 병든 자신으로부터 해방될 수 있을 거라며 건조하게 대답했다. 두 사람은 말없이 잠시 옆에 앉아 있다가 함께 밖으로 나왔다.

"우리가 뭘 잘못했다고 저러시는 거예요?"

딸이 어머니에게 말했다.

"꼭 우리 때문에 저렇게 되셨다는 듯이 말씀하세요. 저도 아빠가 불쌍하고 안됐어요. 하지만 그렇다고 우릴 괴롭히실 건 없잖아요."

늘 오던 시간에 의사가 왔다. 이반 일리치는 적대감이 가득한 시선을 거두지 않고 의사가 묻는 말에 '예, 아니요'라고만 대답했다. 그리고 마침내 이렇게 말했다.

"아시겠지만, 이제 아무 도움이 되지 않아요. 그냥 내버려둬요."

"고통은 좀 완화할 수 있습니다."

의사가 대답했다.

"그것도 못하고 있지 않소. 그냥 두시오."

의사가 응접실로 나와 쁘라스꼬비야 표도로브나에게 환자의 상태가 아주 좋지 않아서 이제 극심한 통증이라도 완화해주려면 아편밖에는 다른 방도가 없다고 말했다.

의사는 환자의 육체적 고통이 끔찍한 것은 사실이지만 그보다는 정신적 고통이야말로 바로 환자를 가장 괴롭히는 더 끔찍한 고통이라고 덧붙였다.

그의 정신적 고통은 전날 밤, 광대뼈가 불거진, 게라심의 졸음이 가득한 선량한 얼굴을 바라보다가 불현듯 떠오른, 만약에 정말로 내가 살아온 모든 삶이, 내 생각과 행동이 내가 옳다고 생각했던 바로 '그런 것'이 아니라면 어떻게 하지? 하는 의심이 들면서부터 시작되었다.

그가 살아온 인생이 잘못된 것일 수 있다고 생각하는 것은 전에는 전혀 불가능하였다. 하지만 이제 그것이 진실일지도 모른다는 생각에 사로잡혔다. 높은 사람들이 훌륭하다고 여기는 것에 맞서 싸우고 싶었던 마음속의 어렴풋한 유혹들, 생각이 나자마자 신속하게 털어버렸던 그런 은밀한 유혹들, 어쩌면 바로 그런 것들이 진짜고 나머지 모든 것은 다 거짓이었을지 모른다. 자신의 일과 삶의 방식, 가족, 사교계와 직장의 모든 이해관계도 다 거짓인지 모른다. 이반 일리치는 자기 자신에게 그 모든 것을 변호하려고 애썼다. 그러다 갑자기 자기가 변호하려는 이 모든 것이 너무나도 허약한 것이라는 느낌이 들었다. 그리하여 그는 그 무엇 하나 변호할 수가 없었다.

'만일 정말 그렇다면,' 그는 속으로 이렇게 생각했다. '나에게 주어진 모든 것을 망쳐놓았다는 생각만 가지고, 그걸 바로잡을 기회

도 없이 인생에서 사라져버린다면, 그럼 어떻게 하지?'

그는 똑바로 누워 완전히 새로운 시각에서 자신의 인생을 되돌아보기 시작했다. 그리고 이날 아침 시종과 아내, 그리고 딸과 의사를 차례로 만나게 되었을 때 그들의 행동거지 하나하나가, 그들의 말 한마디 한마디가 전날 밤 깨달은 끔찍한 진실을 그에게 분명하게 확인시켜주었다. 그는 그들에게서 바로 자기 자신을, 그리고 자신이 살아온 삶의 방식을 볼 수 있었던 것이다. 그는 그 모든 것이 삶도 죽음도 가려버리는 하나의 무시무시하고 거대한 기만이었다는 점을 분명히 깨달았다. 이런 의식은 육체적 고통을 몇 배, 몇십 배 가중시켰다. 그는 끙끙 앓으며 몸부림치면서 입고 있는 옷을 쥐어뜯어 풀어헤쳤다. 옷이 숨통을 조이고 짓누르는 것만 같았기 때문이다. 바로 이런 이유로 이날 아침 그는 그들 모두가 더욱 증오스러웠다.

상당히 많은 양의 아편이 투여되었고 그는 곧 의식을 잃었다. 그러나 오후 식사 시간 무렵 다시 똑같은 현상이 반복되었다. 그는 모두를 곁에서 내몰고 홀로 몸부림치며 뒹굴었다.

아내가 다가와 이렇게 말했다.

"쟝, 여보, 제발 날 위해서라도, (날 위해서라고?) 부탁이에요. 전혀 해로울 것 없어요, 오히려 도움 될 수도…… 그렇게 해요, 괜찮아요. 건강한 사람도 그렇게 하는 수가……"

그는 눈을 크게 떴다.

"뭐라고? 성찬을 받으라고? 왜? 필요없어! 하긴 그렇기는 하지만……"

아내가 울음을 터뜨렸다.

"그래요, 그렇게 하시는 거예요? 우리 사제님을 모셔올게요, 아주 좋으신 분이에요……"

"그래, 아주 잘됐네, 그러라고."

그가 중얼거렸다.

사제가 도착하여 그의 참회를 들어주자 그는 한결 마음이 가벼워지고 마음속 의혹도 가라앉는 것 같았으며 고통도 좀 누그러드는 것 같았다. 그 한순간 삶에 대한 희망의 불꽃이 다시 피어났다. 그는 다시 맹장과 그것이 회복될 가능성에 대해 생각하기 시작했다. 그는 두 눈에 눈물을 가득 글썽이며 성찬을 받았다.

성찬 의식을 마치고 다시 자리에 눕자 그는 잠시 기운이 나고 다시 삶에 대한 희망이 솟아났다. 그는 언젠가 권유받았던 수술에 대해 생각했다. '살고 싶다, 살고 싶어.' 그는 이렇게 자신에게 속삭였다. 성찬받은 것을 축하하러 들어온 아내는 몇 마디 일상적인 말을 하더니 이렇게 덧붙였다.

"어때요, 당신, 한결 나아졌죠?"

그는 아내에게 시선을 주지 않은 채 그렇다고 대답했다.

아내의 옷차림과 몸매, 얼굴 표정, 그리고 그 목소리, 이 모든 것은 그에게 한가지 사실을 말해주었다.

'그게 아니야. 네가 살며 의지해왔던 모든 것은 다 거짓이고 기만이야. 너에게 삶과 죽음을 숨기고 있을 뿐이야.' 이런 생각이 들자마자 증오심이 다시 고개를 쳐들었다. 그리고 이 증오심과 함께 끔찍한 육체적 고통이 뒤따랐고, 그 고통과 함께 이젠 피할 수 없이 죽음이 임박했다는 생각이 뒤를 따랐다. 그리고 몸에 뭔가 새로운 현상이 나타났다. 몸이 뒤틀리며 찢어지는 듯하고 숨이 막혔다.

'그래'라고 대답하는 그의 얼굴 표정은 끔찍했다. 아내의 얼굴을 똑바로 쳐다보며, '그래'라고 내뱉고 나서 그는 쇠약해진 몸이라고 생각하기 어려울 정도로 재빠르게 몸을 홱 돌리더니 고함을 질렀다.

"나가, 나가란 말이야. 날 좀 내버려둬!"

12

　

그때부터 사흘 밤낮으로 고함과 비명 소리가 거의 한번도 그치지 않고 계속되었다. 너무나 끔찍해서 문 두개를 지나서까지 소름 끼치게 들려왔다. 아내에게 대답했던 바로 그 순간 이반 일리치는 자신이 다시 돌아갈 수 없는 나락으로 떨어졌고, 이제 종말이, 진짜 종말이 다가왔지만 의혹은 해결되지 않은 채 여전히 의혹으로 남아 있다는 사실을 깨달았다.

"우, 우우, 우우우!"

이반 일리치는 크고 작은 고함을 계속 내질렀다. 그는 '니 하추—우! 니 하추—우!'(난 죽고 싶지 않아!) 하고 소리쳤다. 그리고 마지막 음절이 비명처럼 길게 이어졌다.

이 사흘 동안 이반 일리치에겐 시간이란 게 존재하지 않았다. 그는 눈에 보이지 않는 힘이 그를 잡아 밀어넣은 바로 그 검은 자루 속에서 고통스럽게 몸부림치고 있었을 뿐이다. 구원의 방도가 없다는 것을 알면서도 그는 사형수가 사형 집행인의 손아귀를 빠져나가려고 발버둥치는 것처럼 필사적으로 저항했다. 그는 있는 힘을 다해 맞서 싸웠지만 그토록 두려운 죽음의 순간은 점점 더 가까이 다가오고 있음을 매 순간 느끼지 않을 수 없었다. 그는 자신이 그 검은 구멍 속으로 빨려들어가고 있기 때문에 고통스럽고, 또한 그 구멍을 뚫고 빨리 빠져나가지 못해서 더욱 고통스러운 것이라고 느꼈다. 자신의 인생이 정당했다는 의식이 바로 그를 끌어안고 앞으로 나아가지 못하게 하며 더더욱 그를 고통스럽게 만들고 있었던 것이다.

그러다가 갑자기 어떤 강한 힘이 그의 가슴과 옆구리를 세차게 밀치는 것 같더니 숨을 쉬기가 더욱 힘들어졌다. 그리고 그는 구멍 속으로 굴러떨어졌다. 구멍 끝에서 뭔가 환하게 빛나고 있었다. 기차를 타고 가다보면 앞으로 가고 있는데 뒤로 가고 있다고 생각하다가 갑자기 진짜 방향을 깨닫게 되는 경우가 있다. 지금 이 순간 이반 일리치의 느낌이 그런 것이었다.

"그래, 모든 것이 잘못되었었다." 그는 혼자서 중얼거렸다. "하지만 괜찮아. 어쩌면 아직, 아직 '그걸' 할 수 있어. 그런데 '그게' 도대체 뭐지?"

그는 스스로 이렇게 자문하고 갑자기 침묵했다.

그것은 사흘째 되는 날이 저물 무렵, 그가 세상을 뜨기 한시간 전쯤의 일이다. 김나지움에 다니는 아들이 살금살금 아버지 침대 곁으로 다가왔다. 죽어가던 이반 일리치는 절망적으로 소리치며 필사적으로 손을 내젓고 있었다. 그러다가 그의 손이 아들의 머리에 부딪쳤다. 아들은 아버지의 손을 잡아 입술에 대고 울음을 터뜨렸다.

바로 그 순간 이반 일리치는 구멍 속으로 굴러떨어졌고 빛을 보았다. 동시에 그는 그의 삶이 모두 제대로 된 것이 아니지만 그러나 아직은 그걸 바로잡을 수 있다는 사실을 깨달았다. 그리고 자문했다. '그게' 뭐지? 그리고 조용히 귀를 기울이다가 입을 다물었다. 바로 그때 누군가 그의 손을 잡고 입 맞추는 것이 느껴졌다. 그는 눈을 뜨고 아들을 보았다. 아들이 너무나 안쓰러웠다. 아내도 그에게 다가왔다. 그는 아내를 바라보았다. 아내는 입을 크게 벌린 채 코와 뺨에 흘러내리는 눈물을 주체하지 못하고 절망적인 표정으로 그를 바라보고 있었다. 아내도 불쌍했다.

'그래, 내가 모두를 괴롭히고 있구나.'

그는 이렇게 생각했다.

'모두 참으로 안됐어. 하지만 내가 죽으면 훨씬 나을 거야.'

그는 이 말을 하고 싶었지만 입을 움직일 힘이 없었다.

'아니야, 굳이 말할 필요는 없어. 몸으로 보이면 되는 거지.'

그는 이렇게 생각했다. 그는 아내에게 눈으로 아들을 가리키며 말했다.

"데리고 나가…… 불쌍해, 당신도……"

그는 '쁘로스찌'(용서해줘)라고 한마디 더 덧붙이고 싶었지만 '쁘로뿌스찌'(보내줘)라고 말하고 말았다. 하지만 그 말을 바꿀 힘도 없어서 손을 내저었다. 알아들을 사람은 알아들을 것이었다.

그러자 돌연 모든 것이 환해지며 지금까지 그를 괴롭히며 마음속에 갇혀 있던 것이 일순간 밖으로, 두 방향으로, 열 방향으로, 온갖 방향으로 한꺼번에 쏟아져나왔다. 가족들이 모두 안쓰럽게 여겨지고 모두의 마음이 아프지 않도록 해주고 싶었다. 이 모든 고통으로부터 자신도 벗어나고 가족들도 다 벗어나게 해주어야 했다.

'이 얼마나 간단하고 훌륭한 일인가!'

그는 이렇게 생각했다.

'그런데 통증은? 통증은 어디로 갔지? 어이, 통증, 너 어디 있는 거야?'

그는 조용히 귀를 기울였다.

'아, 여기 있었군. 그래, 뭐 어때, 거기 있으라고.'

'그런데 죽음은? 죽음은 어디 있지?'

그는 오랫동안 곁에서 떠나지 않던 죽음의 공포를 찾으려 했으나 찾을 수 없었다. 죽음은 어디에 있지? 죽음이 뭐야? 죽음이란 것은 없었기 때문에 이제 그 어떤 공포도 있을 수 없었다.

죽음 대신 빛이 있었다.

"그래, 바로 이거야!"

갑자기 그는 소리쳤다.

"아, 이렇게 기쁠 수가!"

이 모든 것은 한순간의 일이었고 이 한순간의 의미는 이제 흔들리지 않았다. 지켜보는 사람들에게는 그가 그러고도 두시간이나 더 괴로워하고 있는 것으로 보였다. 그의 가슴에서 뭔가 부글부글거렸다. 쇠약할 대로 쇠약해진 그의 몸에 경련이 찾아왔다. 부글거리는 소리와 숨이 차서 쉭쉭거리는 소리는 점차 잦아들었다.

"임종하셨습니다!"

누군가 그를 굽어보며 말했다.

그는 이 말을 듣고 마음속에 되뇌었다.

'끝난 건 죽음이야. 이제 더이상 죽음은 존재하지 않아.'

그는 길게 숨을 들이마시다가 그대로 멈추고 온몸을 쭉 뻗고 숨을 거두었다.

몰입과 반성, 그리고 초월적 삶의 연속체: 똘스또이 문학의 현대적 의미와 『이반 일리치의 죽음』

여전히 푸르른 '야스나야 뽈랴나'의 숲

러시아의 수도 모스끄바에서 남쪽으로 약 180여 킬로미터 떨어진 뚤라 시 인근, '야스나야 뽈랴나'(Ясная Поляна)로 불리는 레프 똘스또이의 영지가 있다. 위대한 문학가이자 사상가 레프 똘스또이는 이곳에서 태어나 이곳에 묻혀 있다.

1828년, 러시아가 오랜 은둔에서 깨어나 유럽의 제국으로 발돋움하던 시기에 똘스또이는 기울어가던 귀족가문의 막내아들로 태어난다. 백작이라는 귀족신분이었지만 내로라할 정도의 세도가는 아니었고 더구나 소년이 되기 전에 부모를 모두 여의는 바람에 명

실공히 지배층으로서의 능력과 권위를 누릴 형편은 되지 못했다. 똘스또이는 가족이 거주하던 집을 막내아들이 상속하는 러시아 전통에 따라 야스나야 뽈랴나를 물려받았고 특별한 경우가 아니면 평생 이곳을 떠나지 않고 농민들과 더불어 '손에 굳은살이 박이도록' 노동을 하며 살아갔다. 똘스또이 박물관으로 보존되어 있는 이곳에는 지금도 전세계 많은 사람들의 발길이 끊이지 않고 있다.

이 영지의 앞쪽에는 똘스또이가 기거하던 집과 부속건물들이 있고 그 뒤쪽에는 꽤 커다란 숲이 있다. 숲 속에는 똘스또이가 자주 거닐던 산책길이 하늘이 보이지 않을 정도로 울창하고 커다란 나무숲 사이로 길고 구불구불하게 이어진다. 숲이 거의 끝나가는 지점쯤에 가면 산책길 옆쪽 숲 속에 똘스또이 무덤이 나타난다. 사각형의 관을 놓고 그대로 흙을 덮어 만든 조그만 둔덕이다. 아무런 표지석도, 비석도, 비문도 없이 잡풀에 덮인 저 흙무덤이 위대한 문호이자 사상가였던 똘스또이의 무덤이라는 사실은 참배객들이 가져다놓은 소박한 꽃다발들이 말해주고 있을 뿐이다.

똘스또이는 자신의 장례식에 그 어떤 화려한 장식도, 공식적인 추도사도 원하지 않았다. 그저 평범한 한 농민의 죽음과 같이 장례를 치러달라고 유언했던 것이다. 그의 소박한 관은 농민들 손에 넘겨져 어린 시절 똘스또이가 영원히 선과 우애의 삶을 살아가자고 형들과 함께 맹세를 하고 푸른 지팡이를 심어놓았다는 그 자리에 묻혔다.

그의 무덤은 떡갈나무와 갈참나무 숲 속에서 여전히 푸르다.

오늘날 우리에게 똘스또이는 무엇인가

이 문제에 답하기 위해서는 똘스또이의 삶과 문학, 사상을 바라보는 통합적 관점을 먼저 수립할 필요가 있다. 똘스또이의 삶과 문학, 사상적 저작이 워낙 방대하고, 관련된 문헌 역시 너무나 방대하여, 얀꼬 라브린의 말처럼 똘스또이와 그에 관련된 문헌만으로도 하나의 도서관을 만들 수도 있을 것이다.[1] 이 방대한 똘스또이 문학과 사상의 숲에서 길을 잃지 않고 똘스또이 정신의 정수를 맛보기 위해서는 똘스또이의 삶과 문학의 기본적인 이정표, 즉 통합적 관점이 필요한 것이다.

통합적 관점을 수립하기 위해서는 무엇보다 똘스또이에 대한 신화적 접근방법, 즉 똘스또이를 모순이 없는 사상적 완결체로 이해하는 방법을 지양해야 한다. 똘스또이를 하나의 신화로 받아들이는 것은 똘스또이 당대의 '똘스또이주의자'(똘스또이 자신은 못마땅해 마지않았던)[2]들로부터 기원한다. 그들은 똘스또이를 종교적·도

---

1 얀꼬 라브린 『똘스또이』, 이영 역, 서울: 한길사 1997, 9면.
2 당대 최초의 똘스또이주의자를 자처하던 체르뜨꼬프(B. Чертков)는 대중 출판 사인 '중개인'(Посредник)을 창립했을 뿐만 아니라 똘스또이 주변에 뭔가 조직 같은 것을 만들고 싶어했다. 그들은 한때 '똘스또이주의자 회의'에 대한 구상을 하기도 했는데 이 소식을 들은 똘스또이는 냉소적으로 이렇게 말했다고 한다. "그러면 나를 장군으로 선출하고 뭔가 회장 같은 것도 만들어야 하지 않을까요?" 똘스또이는 똘스또이주의자를 자처하는 사람들을 끝내 뿌리치지는 않았지만 그들이 마치 새로운 '수도원'을 지으려는 듯이 자신을 신격화하고 자신의 주변을 맴도는 점을 아주 못마땅해했다는 증언이 많다. (B. Шкловский, *Собрание*

덕적 신화로 만들어 숭배하기에 적합한 위인으로, 어린이용 위인전의 주인공으로 만들고 싶어한다. 그것은 삶과 삶에 대한 사고로 충만한 똘스또이의 삶을 현존 사회체제의 인정과 보존을 위한 도구로 전환하고자 하는 특정한 무의식의 소산일 수 있다. 그럼에도 불구하고 똘스또이 사상의 특정 측면을 그의 삶의 과정과 분리하여 필요한 방식으로 체세화하려는 시도는 오늘날 어전히 반복되고 있다.

반면 똘스또이의 삶의 신화성을 폭로하고 개인적 삶과 문학, 사상에서의 모순성을 드러내며 똘스또이를 신의 자리에서 인간의 자리로 끌어내리고자 하는 시도들 역시 완전히 옳다고만 볼 수는 없을 것이다. 똘스또이의 농민적 삶과 세계관에도 불구하고 여전히 귀족적 삶을 유지하고 있었다거나, 도덕적 설교에도 불구하고 자신은 농민 여인과의 부적절한 관계를 유지했다거나, 죽음의 순간에 집을 떠난 것은 아내와의 불화 때문이었다는 식의 '사실 증명'이 똘스또이의 삶과 삶에 대한 사고의 위대함에 어떤 설명을 보탤 수 있을 것인가. 대체로 이런 경향들은 똘스또이의 인간적 면모를 복원한다고 주장하고 있지만 결국 똘스또이 사상과 문학의 전모를 그려내는 데에는 실패하게 마련이다.[3]

соч. Т. 2, Лев Толстой, Москва: Худож. лит. 1974, 511면)
3 2011년 12월 한국에서 개봉된 영화 「똘스또이의 마지막 인생」(마이클 호프먼 감독, 똘스또이의 비서 발렌띤 불가꼬프의 일기를 바탕으로 한 제이 파리니의 『똘스토이의 마지막 정거장』 원작)은 똘스또이의 마지막 삶의 풍경과 아내와의 갈등, 체르뜨꼬프와의 관계 등에 대해 섬세한 부분을 보여주지만 똘스또이의 가출

똘스또이에 대한 통합적 관점과 관련하여 이사야 벌린은 고슴 도치와 여우의 비유를 통해 매우 흥미로운 관점을 보여준다. 그에 따르면 고슴도치형 인간은 모든 것을 하나의 핵심적인 비전, 즉 명 료하고 일관된 하나의 씨스템과 연관시키는 사람이고, 여우형 인 간은 생각이 분산적이고 산만하지만 다양한 목표를 추구하며 다 채로운 경험과 본질을 포착해나가는 사람이다. 벌린은 똘스또이 의 역사관을 분석하면서 똘스또이를 "본래 여우였지만 스스로 고 슴도치라고 믿었던 사람"[4]이라고 말한다. 벌린의 관점은 똘스또이 에 대한 통합적 관점과 관련하여 시사하는 바가 작지 않다. 하지만 벌린의 고슴도치와 여우의 비유는 똘스또이의 삶의 역동적 내면을 담아내기에는 다소 도식적이다. 벌린이 분석하는 똘스또이 역사철 학 자체의 모순성과 대립성을 설명하기에는 적절할지 몰라도 똘 스또이의 삶의 과정을 담아내기는 다소 부족한 관점이다. 이런 점 에서 리처드 구스타프슨의 '거주자'(resident)와 '이방인'(stranger) 개 념은 똘스또이의 삶의 역동적 모순성을 설명하기에 보다 효과적이 다. 구스타프슨에 따르면 똘스또이는 자신이 속한 세계 속에 완전 하게 거주하고자 하는 거주자로서의 열망을 가지고 신과 인간, 자

의 의미, 후기 예술가의 내면 등에 대해서는 탐구의 빛조차 비춰보지 못한다. 이 런 점에서 이 영화 역시 똘스또이를 가십거리로 삼고 있다는 비판을 완전히 비 켜가기는 힘들다. 똘스또이라는 위대한 작가의 내면과 창작에 대해 오랜만에 만 날 수 있는 좋은 영화가 될 수도 있었을 텐데, 똘스또이를 바라보는 통합적 관점 의 부재, 혹은 미흡함은 이 영화에서도 그대로 부정적인 결과로 이어지고 있다.
4 이사야 벌린 『고슴도치와 여우』, 강주헌 역, 애플북스 2007, 25면.

아와 세계의 완벽한 결합을 지향한다고 말한다. 그러나 다른 한편, 삶과 세계, 신으로부터 완전히 단절된, 그들과의 일체감을 찾을 수 없는 고립감, 즉 이방인으로서의 의식이 똘스또이를 지배하고 있기도 하다. 구스타프슨은 거주자로서의 열망과 이방인으로서의 고독감의 교직으로 똘스또이의 삶을 설명한다. 거주자로서의 열망이 모순되고 갈라진 세계를 하나로 통합하고자 하는 지향으로 나타난다면 이방인 의식은 그 삶을 관찰하고 기록하며 다른 세계에 대한 끝없는 지향으로 나타난다는 것이다.[5] 구스타프슨의 개념은 똘스또이의 삶에 대한 태도의 역동성과 모순성을 잘 드러낸다. 하지만 똘스또이의 거주자 의식과 이방인 의식이 근대적 삶의 조건과 어떤 관계 속에서 형성된 것인가에 대한 문제의식을 담아내기에는 역시 조금 불편한 몰역사적 개념이라고 말할 수 있다. 똘스또이의 삶과 문학이 근대 사회의 역사적·문화적 조건과 관계되어 있다는 점을 담아내기에는 충분하지 못한 것이다.

똘스또이라는 작가의 개성은 당대 러시아 사회의 정신적 위기의 문제와 깊이 연결되어 있다. 똘스또이가 태어나고 성장한 시기는 러시아 사회의 근대화가 격렬하게 진행되는 시기였다. 이 시기에 러시아 사회는 중세적 질서로부터 사회·정치·경제·문화적 격변을 겪으면서 발전과 위기를 동시에 체험하고 있었다. 이런 가운

---

5 Ричард Ф. Густафсон, *Обитатель и чужак. Теология и художественное творчество Льба Толстого*, пере. Будина Т., С-Петербург: Академический проект 2003, 22~36면.

데 세계를 이해하고 인식하는 기존의 귀족적 세계관은 발밑에서부터 그 토대가 흔들리며 무너져내리고 있었다. 그러나 새로운 사회의 세계관과 가치관은 미처 정립되지 않은 상태였다. 특히 신학적 세계관은 여전히 잔존하고 있으나 실제 생활의 세속성은 팽창되어 가는 시기, 내면세계는 여전히 확고한 신을 갈구하는 추억에 젖어 있으나 외면세계는 신적 세계의 실현과는 너무나도 거리가 먼, 그런 세계 속에서 똘스또이는 그것을 누구보다 예민하게 감지하고 있었다. 똘스또이의 삶과 문학의 근본적인 파토스는 바로 이런 예민한 시대감각으로부터 발원하는 것이고 그것의 근본적 해결이 불가능한 역사시기의 반영이 바로 똘스또이의 정신적 위기로 현현하는 것이다.

똘스또이는 세속적 교회가 아니라 신을 찾는 민중적 삶 자체에서, 즉 자연 자체에서 인간의 올바른 삶의 양상을 보고자 하였다. 그리고 그 스스로 그러한 삶의 실천을 통해 구원을 얻고자 하였다. 그러나 그러한 노력이 근대사회의 세속성과 무의미성을 극복하는 보편적인 대안이 되기 어렵다는 것을 똘스또이 자신이 쓰라리게 감지하고 있다. 그럼에도 불구하고 똘스또이는 지극한 선의 추구, 진정한 인간의 삶에 대한 모색을 결코 포기할 수 없었다. 이런 점에서 똘스또이는 근대사회의 입구에서 근대성을 가장 철저하게 구현하고 있으면서 그 경계에서 근대성을 고뇌하는 예술가이다. 그가 살아간 삶의 형식은 러시아 사회의 특수성과 똘스또이 개인의 특수성에 의거할 뿐만 아니라 근대의 보편적 삶의 형식과도 깊게 연루되어 있는 것이다. 그렇기 때문에 똘스또이 문학작품과 사상 체계, 실천적 삶 등은 여전히 경탄의 대상이기는 하지만, 기실 똘스 또이의 삶과 문학을 통합적으로 고찰할 때 우리의 눈길을 사로잡 는 것은 삶을 바라보는 똘스또이의 시선 바로 그 자체이다. 신화적 으로 여겨질 만큼 철저하고 완벽한 삶을 추구했던 똘스또이, 그리 고 모순적으로 보일 만큼 내면의 고뇌를 동시에 표출하고 있는 똘 스또이, 그의 이런 양면성은 삶에 대해 끊임없이 묻고 생각하는 과 정 그 자체로부터 파생되는 필연적인 양상이다.

이런 점에서 똘스또이를 새롭게 바라보고 읽는다는 것은 똘스 또이의 삶과 문학 속으로 개입해 들어가 풍부하고 새롭게 그것을 재구성(혹은 창조)하는 것을 의미한다. 그것은 똘스또이의 삶에 대 한 시공간적 이해, 그리고 그 표현으로서의 문학작품과 사상적 저 작에 대한 객관적 이해를 바탕으로, 그러나 거기에서 멈추는 것이 아니라, 즉 백년 전, 혹은 백오십여년 전의 러시아 속에 갇혀버리는 것이 아니라, 오늘날 우리의 삶과 삶에 대한 사고와의 대화로 나아 가는 것을 의미한다. 그러한 대화는 만일 똘스또이가 오늘날 살아 간다면 어떻게 삶을 살아가고 있을까라는 유쾌하고 도전적인 상상 이며 진지하고도 투쟁적인 삶과 또 그 삶에 대한 지독한 사고를 의 미한다.

몰입과 열정의 삶과 똘스또이 신화

똘스또이의 삶을 이해하기 위해서는 먼저 삶에 대한 똘스또이의 몰입적 태도를 살펴보아야 한다. 똘스또이는 정말 맹렬하게 삶에 집중했다고 한다. 자신에게 주어진 개인적·사회적·역사적 조건 속에서 누구보다 열심히 인생을 살아갔던 것이다. 러시아 혁명 사상가였던 게르쩬에게 보낸 한 편지에서 그는 "얼음이 깨지고 있다면 유일하게 살 수 있는 방법은 더 빠르게 걸어가는 것뿐"[6]이라고 말한 바 있다. 다소 비관적인 의미로 들리기도 하는 이 말은 근대라는 상황에 처한 인간의 모습을 비유하는 것이기도 하며 또한 거기에서 발휘해야 하는 불가피한 인간의 용기를 말해주는 것이기도 하다.

그는 삶을 비극적이고 위선적인 것으로 인식하면서도 그 삶에 투신하지 않을 수 없다는 점을 자주 강조했다. 그것은 쎄바스또뽈 전투 상황에서 그 자신이 보여준 목숨을 건 용기에서도 잘 나타난다. 「8월의 쎄바스또뽈」에 등장하는 볼로쟈 꼬젤리초프의 용감한 꿈은 바로 젊은 시절 똘스또이 자신의 것이었다.

나는 쏘고 또 쏜다. 무척 많은 수의 적을 무찌른다. 그러나 그들은

---

6 1861년 3월 14(26)일 편지. Толстой, Л. *ПСС Т. 60*, Москва: ГИХЛ 1928~58, 373~37면. 이후 이 똘스또이 전집에서의 인용은 본문 속 괄호 안에 권수와 면수로 표기한다.

여전히 나에게 돌진해온다. 이젠 더이상 쏠 수가 없다. 끝났다, 살아
날 길이 없다. 그때 갑자기 형이 군도를 휘두르며 달려나온다. 나도 소
총을 집어들고 병사들과 함께 내닫는다. 프랑스 놈들이 형에게 달려
든다. 내가 달려들어 한 놈을 죽이고 또 한 놈을 죽이고 형을 구한다.
그때 형이 내 옆에서 총탄에 맞고 쓰러진다. 나는 한순간 멈춰서서 형
을 아주 슬프게 바라보다가 다시 몸을 일으켜 외친다. "나를 따르라,
복수다! 세상에서 가장 사랑하는 형을 잃었다. 복수다. 적들을 박살내
자, 아니면 우리 모두 목숨을 던지자!" 모두들 몸을 던져 내 뒤를 따른
다. (…) 우리는 모두를 격퇴시키지만 마침내 나는 또 한번, 그리고 또
다시 부상을 당하여 쓰러져 죽어간다. (…) 나는 피로 물든 형의 시체
옆에 나란히 눕는다. 나는 몸을 조금 일으켜 이렇게 한마디할 것이다.
"당신들은 진정으로 조국을 사랑했던 두 사람을 알아보지 못했다. 이
제 그 두 사람이 여기 쓰러졌다."[7]

죽음의 순간에도 전혀 두려움 없이 주어진 임무를 수행하기 위
해 돌진하는 볼로쟈의 용맹함, 바로 그것이 삶에 대한 똘스또이 자
신의 태도였다. 똘스또이는 자신에게 주어진 조건과 상황에 밀착
된 삶을 투쟁적으로 살아내기 위한 노력했던 것이다.

이렇게 삶에 대한 철저한 긍정(혹은 순응)과 몰입의 태도는 그의
삶을 하나의 신화로 보이게 만들 요소를 많이 제공한다. 똘스또이

---

7 똘스또이 『세바스토폴리 이야기』, 박형규 역, 인디북 2004, 255~56면.

가 종교적·도덕적 이상에 충실하고자 자신의 삶을 얼마나 완벽하게 규율하려고 노력했는지는 너무나 잘 알려진 바다. 그는 스스로 농민과 동일하게 노동하고 생활하였으며 전세계 형제애를 지향하였고, 세계와 신과 인간의 통일된 세계를 믿었을 뿐만 아니라 그 세계를 향해 거침없이 돌진해갔다. 인류 역사상 그 유례를 다시 찾기 힘들 정도인 문학과 사상서, 논문, 편지, 일기 등등 온갖 저술의 그 방대한 규모는 맹렬하고 몰입적인 똘스또이의 삶의 방식을 여실히 증명하고 있다. 후기에 러시아 현실정치에 대한 거침없는 비판과 전쟁 반대, 징집 반대, 사형제도 반대 등과 같은 똘스또이주의 역시 그와 같은 맹렬한 몰입적 삶의 결과이자 동기인 셈이다. 바로 이런 점들이 똘스또이를 이상과 현실의 일치를 위해 노력한 인신(人神)과도 같은 형상으로 만들어주었다고 말할 수 있다.

똘스또이의 몰입적 삶은 그 개인의 특성의 소산이라고만 말할 수 없다. 그것은 일원적인 총체적 삶을 구축하고자 하는 근대적 인간의 이상과 관련되어 있다. 근대적 인간은 삶의 모순성 속에서 스스로를 완성시켜야 하는 존재이다. 삶을 총체화해줄 수 있는 신과 신적 가치관이 사라진 가운데 스스로 신이 되어 자신의 가치와 의미를 완성해야 하는 근대적 삶의 가장 전형적인 모습이 바로 똘스또이의 몰입의 삶이라는 형식으로 나타나는 것이다. 똘스또이의 이런 삶은 새로운 삶의 철학으로 귀결되고 있다.

의지의 자유는 진실하고 영원한 신의 삶에 다름 아니다. 우리는 우

리의 삶 자체에서 그러한 삶에 다가갈 수 있다. (…) 이것은 바로 우리
를 통해 움직이는 우리 속의 신이다. 사랑을 방해하는 자신 속의 모든
것을 억누를 때, 그리고 사랑에 몰두할 때 나는 신과 하나가 되며, 바
로 그때 나는 신과 하나가 되어 자유롭다. (53권 49면)

똘스또이는 이렇게 현실 삶 속에서 이상의 일치를 향해 투쟁적
으로 삶을 살아간다. 선을 추구하며 그 누구보다 실천적으로 엄격
하게 자신을 통제하며 살아갔던 것이다.

삶에 대한 생각, 거듭 되돌아보기

다른 한편 똘스또이의 삶과 문학에는 삶에 대한 반성적 사고, 즉
삶 자체를 되돌아보고 거듭 그것을 부정하는 사고가 강력하게 작
동하고 있다. 똘스또이에게 인생의 의미에 대해 생각하지 않는 삶
은 일종의 '짐승의 생애'와도 같았다.[8] 도스또옙스끼가 인간에 대
해 사고했다면 똘스또이는 삶에 대해 생각했다고까지 말해도 과언
이 아닐 것이다. 똘스또이는 인생 자체도 열심히 살았지만 그보다
더 열심히, 집요하게, 열정적으로, 지속적으로 그 인생에 대해 생각
했던 것이다. 게다가 그는 인생에 대한 자신의 생각을 직접적으로

---

[8] Л. Толстой, "Как и зачем жить?," *Пора понять*, Москва: ВК 2005, 241면.

일기와 비망록 등을 통해 방대한 글로 남기고 있다. 그는 자신의 삶에 대해 수없이 생각했을 뿐만 아니라 그 생각을 철저하게 기록했던 것이다. 아마도 인생 전체에서 인생에 대한 생각을 그만큼 끊임없이 지속하고 인생에 대해 그만큼 많은 글을 쓴 작가도 찾아보기 힘들 것이다. 그의 인생에 대한 최고의 기록자는 똘스또이 자신[9]이었던 것이다.

똘스또이의 첫 소설이 심지어 이십대의 나이에 '너무 늦었다'고 생각하며 자신의 인생을 돌아보는 자전적 삼부작(『유년 시절』『소년 시절』『청년 시절』)이라는 점은 그가 얼마나 일찍부터 인생 자체에 대한 생각에 매달렸는지를 잘 보여준다. 그뿐 아니라 대부분의 많은 작품들에서도 똘스또이는 자신의 삶에 대한 사고 자체를 담아내기에 여념이 없다. 깝까스 전투를 다룬 쎄바스또뽈 연작, 「지주의 아침」과 『안나 까레니나』의 레빈, 『부활』의 네흘류도프 등과 『인생론』『예술론』 등과 같은 사상적 저작들에서 삶에 대한 그의 생각이 직접적으로 드러나는 장면은 너무나 자주 볼 수 있다.

그는 자신에게 주어진 삶의 조건과 상황을 수용하고 그에 적극적으로 대응하면서도 늘 그 삶에 대해 되돌아보며 다른 삶의 가능성을 타진하고 꿈꾼다. 삶에 몰입하는 순간에도 집요하게 자신의 실제 삶의 모습과 거리를 두고 관찰하고 성찰하면서 그 의미에 대해 거듭 되돌아보는 것이다. 우리는 똘스또이의 삶과 문학에서 마

---

9 A. Г. Островский, *Молодой Толстой. Воспоминания. Письма. Дневники.*, Москва: АГРАФ 1999, 7면.

치 두가지 노선의 삶, 즉 실제 삶과 삶에 대한 사고라는 두 노선을 동시에 만나는 것 같다.

똘스또이의 삶에 대한 생각은 다시 두 측면에서 살펴볼 수 있다.

첫째, 무엇보다 삶 자체의 총체성과 완결성을 지향하고자 하는 생각이다. 그것은 모순적이고 위선적인 인간의 삶(자신을 포함하여)을 보다 도덕적인 삶으로 완결하기 위한 사고, 즉 앞에서 말한 바와 같은 몰입적 삶의 완성을 위해 필요한 사고라고 말할 수 있다. 삶에 대한 몰입과정에도 인생에 대한 사고는 존재한다. 그러나 이 경우의 사고는 인생에의 몰입 자체를 보다 효율적으로, 보다 목적의식적으로 수행하기 위한 것이다. 이러한 사고는 똘스또이의 세계관, 종교관, 인간관, 예술관 등으로 표출되며 이 경우 우리는 그것을 체계적으로 재구성해낼 수 있다. 지극한 선을 향한 지향, 인류의 형제애에의 호소, 전쟁과 폭력에 대한 저항으로서의 비폭력 무저항 정신, 신과 자기완성에 대한 가르침 등은 분명 삶에 대한 똘스또이의 사고로부터 나온 것이지만 그것은 모순적인 현실 삶의 요소들을 어떻게든 하나의 이념적 원리로 총체적으로 연결하고 체계화하는 사고라고 말할 수 있다.

다른 한편 똘스또이의 삶에 대한 사고는 인간의 존재적 불안과 무의미함, 모순성에 대한 성찰과 관련되어 있다. 하나의 의미로 완결될 수 없는 삶에 대한 존재적 불안감은 똘스또이를 평생 괴롭혔다.

1869년 똘스또이는 뻰자에서 며칠을 보내게 된다. 그곳에서 그는 밤마다 알 수 없는 불안과 공포에 휩싸이곤 했다.

둘째 날 나는 불안으로 고통스러웠소. 셋째 날 밤은 아르자마스에서 보냈는데 내게 뭔가 이상한 일이 일어났소. 밤 2시였고 몹시 피곤해서 자고 싶었고 아픈 곳도 없었지만 갑자기 이제까지 결코 겪어보지 못한 우수와 공포, 두려움이 나를 감쌌지요. 이런 감정에 대해서는 나중에 자세히 말해주겠소. 다만 그건 내가 이제까지 겪어보지 못했던 그런 것이라는 점만 알아주시오. 제발 그런 감정을 그 누구도 겪게 되지 않게 빌 뿐이오.[10]

똘스또이는 잠을 이루지 못했다. 누군가로부터 도망치는 느낌이었으나 그 이유를 자신에게 설명할 수 없었다. "나는 항상 내 속에 갇혀 자신에 대해 괴로워한다. 자, 여기, 난 그대로 여기 있다. (…) 난, 난, 나 자신이 지겹기만 하다. 잠도 오지 않고 괴롭기만 하다." (26권 469면) 똘스또이는 두려움을 떨쳐내려고 했다. 그는 자신이 더 살아가야 한다고 느끼면서 동시에 모든 것을 끝내버릴 죽음 같은 것이 다가온다는 느낌으로부터 벗어날 수 없었다. 그는 그 의미를 정확하게 설명하지는 못한 채로 즐거운 기분으로 방문했던 아르자마스에서 잠을 이루다가 갑자기 깨어나 느닷없이 '붉고 하얀 정사각형의 공포'(26권 470면)를 체험하는 것이다.[11] 똘스또이의 정신적

---

10 1869년 9월 4일 아내 쏘피야에게 보낸 편지(83권 167면).
11 이런 공포와 불안에 대한 언급은 비망록과 일기, 편지 등에 자주 등장한다. 그리

위기와 관련하여 자주 언급되는 '아르자마스의 공포'라고 불리는 것이다.

언젠가 똘스또이는 눈이 많이 덮인 숲 속으로 스키를 타고 사냥을 나간 적이 있었다. 그는 눈의 무게로 부러져 떨어진 나뭇가지를 넘어가며 깊은 숲 속까지 나아가다 불현듯 길을 잃었다고 느꼈다.

사냥꾼들 집이 있는 곳까지는 거리가 멀었고 아무 소리도 들리지 않았다. 난 지치고 온통 땀에 젖어 있었다. 길을 멈추자 그대로 얼어붙기 시작했다. 걸음을 내디딜 때마다 점점 힘이 빠졌다. 난 소리를 질러 보았지만 정적 속에서 그 누구의 응답도 들려오지 않았다. 난 돌아서 걸었다. 하지만 또 그 방향이 아니었다. 난 주위를 둘러보았다. 온통 숲일 뿐이어서 방향을 분간할 수 없었다. 난 다시 돌아섰다. 다리가 후들거렸다. 나는 두려움에 떨며 걸음을 멈췄다. 아르자마스와 모스끄바에서 느꼈던 것과 같은 공포가 온통 나를 덮쳤다. 아니, 그보다 백배는 더한 것이었다. (26권 474면)

이렇게 삶의 여러 단계에서 다양하고 지속적으로 찾아오는 공포는 깨져가는 얼음 위에서 앞으로 더 빨리 달려가야만 하는 사람

고 이 당시의 체험은 미완성인 「광인일기」(Записки сумащедшего)에 담겨 있다. 특히 이 '붉고 하얀 정사각형'이라는 표현은 똘스또이가 머문 네모난 방과 방에 스며든 불빛, 창밖의 눈 등에서 온 인상 때문에 나온 것으로 해석될 수는 있겠지만 분명한 것이라고 볼 수는 없다. 후에 이런 표현과 인상은 화가 말레비치의 그림에 영향을 주었다고도 한다.

의 공포와 불안과 같은 것이었다. 이러한 불안과 공포를 극복하기 위해 똘스또이는 성경을 열독하고 기도에도 정성을 기울이지만 결코 완전하게 이를 극복하지는 못한다. 결국 그것은 오십대의 똘스또이에게 정신적 위기를 가져오고 그는 『참회록』을 통해 자신의 삶의 대전환을 시도한다. 그러나 그런 삶의 전환으로도 이 '붉고 하얀 정사각형의 공포'는 삶의 마지막 순간까지 완전히 떨쳐버릴 수 없었다.

삶에 대한 사고에서 똘스또이의 이러한 비극적인 의식은 첫번째 유형과는 정반대의 방향을 향하고 있다. 즉, 첫번째 사고가 삶의 완전성을 구축하기 위한 몰입적 삶을 향하고 있다면 두번째 사고는 삶 자체의 모순성과 비완결성을 향하여 시선을 던지고 있다. 그것은 있는 그대로의 삶, 자신이 어찌할 수 없는 인간의 삶의 비극성을 인정하지 않을 수 없는 존재의 불안과 고독 같은 것이다. 똘스또이가 평생토록 끝없이 자신의 환경을 떠나고자 했다는 사실, 결국 삶의 마지막 순간에 집을 나와 시골의 간이역에서 죽음을 맞이했다는 사실 이면에는 바로 그런 사고가 깊이 작용하고 있다고 말할 수 있다. 물론 그런 사고가 똘스또이로 하여금 기존의 질서와 기득권을 비판하며 늘 다른 세계와 다른 가치를 꿈꾸게 만든 것이라는 점도 부정할 수 없다.

다른 한편 두번째 유형의 사고는 삶 자체의 긍정적 수용을 지향하고 있기도 하다. 이념이나 세계관으로 포획되지 않는 자연 그대로의 삶 자체에 대한 경외를 담을 수 있도록 해주고 있는 것이다.

그는 페뜨에게 보낸 한 편지에서 삶의 위선성과 일상의 속물성을 비판하면서도 이렇게 편지를 맺는다. "삶을 있는 그대로 믿어라, 바로 그겁니다! 나는 삶을 있는 그대로, 그 속되고 혐오스럽고 위선적 상태 그대로 받아들입니다."[12] 아마도 이런 태도는 『안나 까레니나』의 레빈의 심정과도 같은 것이었을 터이다.

그러나 이것은 진실이 아니었을 뿐만 아니라 결코 굴복해서는 안 될 사악하고 역겨운 어떤 힘의 잔혹한 조롱이었다.

이런 힘에서 벗어나야 했다. 벗어나는 것은 각자의 손에 달려 있다. 이렇게 악에 매여 있는 자신을 끝내야 했다. 그 유일한 수단은 바로 죽음이었다.

그리하여 행복한 가정을 가진 건전한 인물이었던 레빈은 몇 차례 자살을 하려는 생각을 품게 되었다. 그는 목을 매게 될까봐 밧줄을 숨겨놓았고 혹시라도 총으로 자살을 하게 될까봐 총을 가지고 다니기를 두려워했다.

그러나 레빈은 총을 쏘지도 목을 매지도 않았다. 그는 그대로 계속 살아갔다.[13]

똘스또이 역시 끝없이 삶에 절망하면서도 레빈과 마찬가지로 '목을 매지도 않았고' '그대로 계속 살아갔다'.

12 A. 페뜨에게 보낸 1860년 10월 17(29)일 편지(60권 357~58면).
13 똘스또이 『안나 카레니나 3』, 박형규 역, 문학동네 2009, 470면.

삶에 대한 똘스또이의 두가지 사고 유형은 예술작품 속에 가장 복합적으로 반영된다. 자전적 삼부작과 「지주의 아침」「까자끄 사람들」「쎄바스또뽈 이야기」『이반 일리치의 죽음』「세 죽음」「사람은 무엇으로 사는가」『전쟁과 평화』『안나 까레니나』『부활』『인생론』 등 중단편과 장편소설, 논문집과 명상록, 일기 등등에 이르기까지 수많은 똘스또이의 저작을 일관하는 가장 근본적인 주제는 인생이란 무엇인가에 대한 상상적·철학적 탐구인 것이다. 문학작품에서 똘스또이는 주인공들의 생각이나 서술자의 생각, 혹은 서사적 구성을 통해 항상 삶 자체와 더불어 삶에 대한 생각을 병렬적으로 드러내고자 한다. 물론 삶에 대한 생각은 앞서 말한 바와 같은 두가지 유형의 사고 사이에서 다양하게 펼쳐진다. 민중교육용 목적으로 쓴 「바보 이반」「사람은 무엇으로 사는가」 등과 같은 민화나 「이반 일리치의 죽음」「세 죽음」과 같은 중단편, 그리고 장편 『부활』에서 첫번째 사고 유형이 보다 직접적으로 드러나고 있다면 「까자끄 사람들」과 「하지 무라드」 등과 같은 작품에서는 두번째 유형의 사고가 상대적으로 보다 풍부하게 드러난다. 그리고 『전쟁과 평화』와 『안나 까레니나』에서는 두 유형의 사고가 복잡다단하게 상호작용하고 있다고 말할 수 있다.

『이반 일리치의 죽음』과 새로운 인생

『이반 일리치의 죽음』은 삶에 대한 똘스또이의 생각과 문제의식이 잘 나타난 작품이다. 이 작품은 한 인간의 삶과 죽음을 냉철하게 관찰하고 분석하고 묘사하고 그것을 극적으로 그려냄으로써 보편적 삶의 본질을 통찰하는 예술적 수준만큼은 다른 어느 작품에도 결코 뒤지지 않는다.

이 작품의 서사구조는 아주 간단하다. 판사로서 남부럽지 않게 성공한 인생을 살아가던 이반 일리치가 성공의 정점에서 갑자기 원인 모를 병에 걸려 죽어간다. 서서히 죽어가는 이반 일리치는 자신의 인생을 돌아보고 삶의 의미를 고통스럽게 되묻는다. 이런 사건구조만 보면 이 작품은 꽤나 지루한 교훈적인 인생 이야기로 보일 수도 있다. 그러나 이 작품은 단순한 교훈의 나열이 아니라 죽음 앞에서 한 인간이 자신의 삶 전체를 되짚어보며 그 의미를 파고드는 과정을 매우 밀도있고 설득력 있게 그려냄으로써 독자로 하여금 보편적인 인간의 삶과 운명을 근본부터 다시 생각해보게 만드는 감동적인 장면을 빼곡하게 담고 있다.

무엇보다 이반 일리치의 삶이 여러 측면에서 조망되고 있다는 점이 특히 이야기의 설득력을 높여준다. 소설의 시작은 이반 일리치의 시선이 아니라 동료들과 가족 친지들의 시각에서 시작된다. 소설이 시작되면서 이반 일리치의 죽음이 동료들에게 통보되고 그에 대한 동료 판사들의 태도가 드러난다. 동료들은 가까운 동료의 죽음에 대해 애도의 마음보다 그의 죽음으로 인한 보직 이동 등 자신의 이해득실을 계산하기 바쁘다. 그런 심리상태는 가장 친하다던 뾰뜨르 이바노비치가 마지못해 문상을 가야 한다는 의무감과 카드놀이를 하러 가고 싶은 마음 사이에 갈등하는 장면에서 날카롭게 부각된다. 죽은 자를 바라보는 이런 시선은 아내와 친지들에게도 마찬가지로 드러난다. 소설 첫머리에서는 이처럼 타인의 시선에 비친 이반 일리치, 특히 죽음으로 현실에 부재중인 사람을 바라보는 '우리'의 시선이 짧지만 매우 날카롭게 묘사된다. 그리고 곧이어 이반 일리치의 삶과 발병, 그리고 죽음에 이르는 과정이 이반 일리치의 시점에서 그려진다. 이렇게 보면 소설에서 이반 일리치의 삶은 세 국면에서, 즉 다른 사람의 눈에 비친 삶과 이반 일리치의 실제 삶, 그리고 이반 일리치가 되돌아보는 대상으로서의 삶으로 우리 앞에 제시된다고 말할 수 있다.

이반 일리치는 시류에 민감하고 출세에 집착하지만 그렇다고 누구에게 비난받을 정도로 속물이거나 부패한 인물은 아니다. 그는 나름대로 사회적 정도를 걷고자 노력하며 살아가는 인물이다. 문제는 그가 생각하는 정도라는 것이 당대 상류층 사회가 인정하는 '사교적이며 우아하고 고상한 품위'를 유지하는 것을 의미한다는 점이다. 이반 일리치는 그런 삶을 지키고 발전시키기 위해 열심히 일을 하고 능력을 인정받고 승진을 위해 갖은 노력을 다한다. 결혼 역시 그런 삶의 수준을 증명하기 위한 도구였다. 약간의 우여곡절이 있기는 했지만 그는 원하던 고위 판사 보직을 얻어내고 가정생활도 안정에 도달하는 듯했다. 그러던 그에게 느닷없이 찾아온 원인 모를 질병은 도저히 인정할 수 없는 불운이 아닐 수 없었다. 모든 노력에도 불구하고 그는 결국 죽음을 받아들여야만 한다. 이것이 이반 일리치가 살아낸 실제 삶의 모습이다.

다른 사람들의 눈에 비친 이반 일리치의 삶은 조금 다른 모습이나. 그의 죽음을 대하는 동료들과 아내, 친지들, 게다가 의사들의 태도에서는 이반 일리치는 진정 인간다운 모습으로 기억되거나 애도되지 않는다. 그는 자신이 그토록 사랑하고 자랑하는 '품위'를 가진 인간으로 받아들여지지 않고 그저 이해관계 속의 한 존재에 불과하다. 아내와 딸 역시 자신들의 사치와 사회적 신분을 지켜주고 유지하게 해주는 존재로서만 이반 일리치를 받아들이고 있다.

다른 한편, 이반 일리치가 죽음의 과정에서 자신의 인생을 돌아보며 인생을 새롭게 생각하는 것, 즉 반성적 삶의 양상이 또다른 하나의 삶의 모습으로 독자에게 제시된다. 이반 일리치는 처음에는 자신이 왜 죽어야 하는가를 거듭 물으며 신과 운명을 저주한다. 아무리 생각해도 자신이 남들보다 먼저 죽어야 할 이유가 없고 크게 잘못한 일도 없다. 주변의 그 누구도 자신의 고통에 대해 진정으로 이해하고 있는 것 같지 않다. 의사는 치료에 대한 분명한 확신도 없으면서 온갖 현학적 의견을 제시하기에 바쁘고 아내와 딸도 각자의 입장에서 그를 불편해하기만 한다. 이반 일리치는 그런 그들을 바라보면서 그들을 미워하고 저주하며 더욱 고통 속에 빠져든다. 그러다가 결국 죽음을 인정하고 받아들이는 이반 일리치는 그 모든 것이, 자신의 인생이 다름 아닌 자기 자신의 잘못으로부터 유래한 것이라는 점을 인정함으로써 모든 고통으로부터 벗어나 죽음의 문을 통과하게 된다. 죽음의 순간에 자신의 삶이 잘못되었다는 점을 인정하고 아들을 불쌍히 여기며 아내를 용서하는 마음이 들자 이내 그를 괴롭히던 죽음의 그림자는 사라지고 벗어날 수 없을 것만 같았던 고통도 동시에 사라져버린다. 당대 러시아 사회의 일반적인 삶의 기준대로 살아온 자신의 삶이 잘못된 것이며 용서와 사랑 속에서 인간적 삶의 새로운 감촉을 얻은 뒤에 이반 일리치는 편안하게 눈을 감는 것이다.

이 작품에서 이렇게 세 측면에서 인생이 그려지고 있다면 그것을 바라보는 작가의 시선에 비친 삶의 의미는 무엇일까.

똘스또이는 앞서 말한 바와 같이 평생 끝없이 인생의 의미를 묻고 또 되묻는다. 그의 창작과 사상적 모색을 일관되게 관통하는 것이 바로 인생이란 무엇이냐라는 문제의식이었고 『이반 일리치의 죽음』에서도 죽음을 앞에 둔 한 인간에게 삶의 의미를 되묻게 하면서 작가 자신이 삶과 죽음의 의미를 반추하고 있다. 이 작품을 창작하기 시작한 시기인 1882년이 바로 똘스또이 자신이 정신적 위기를 겪고 있던 시기와 일치한다는 점에서 이반 일리치의 죽음을 바라보는 작가의 진정한 고뇌가 더욱 절박하게 다가온다.

똘스또이가 매우 몰입적으로 살아갔다는 점은 앞서 말한 바 있다. 몰입적인 삶이란 삶에 대해 회의나 망설임 없이, 다시 말해 삶의 의미에 대해 되돌아볼 것 없이 앞으로 나아가는 삶, 주어진 생명의 능력을 마음껏 발현하는 삶을 의미한다. 이런 삶은 때로 영웅적이지만 때로 맹목적이다. 똘스또이가 이룩한 방대한 저작과 근면한 삶은 바로 이런 삶의 결과라고 말할 수 있다. 그러나 다른 한편, 주어진 삶과 삶의 조건에 대해 끝없이 회의하며 그 의미를 묻는 삶이 똘스또이의 또다른 운명이었다. 인간이란 무엇인가, 삶과 죽음이란 무엇인가에 대해 끝없이 뇌묻고 회의하며 자신에게 주어진 삶을 거듭 부정하고 그 어떤 확고한 대답에도 정착하지 않으며 항상 어딘가로 떠나고자 하는 이방인으로서의 삶이 똘스또이의 삶의 한 측면이었고 문학의 동력이었던 것이다. 그것은 앞서 말한 바와 같이 근대인의 숙명과도 같은 삶이었다. 똘스또이는 자신에게 주어진 삶의 역사적·사회적 모순성을 가장 예민하게 감지해낸 근대적 예술가로서 한 인간의 죽음, 이반 일리치의 죽음 앞에서 근대적 인간의 존재와 존재양식에 대해 본질적인 의문을 던지고 있는 것이다. 이반 일리치가 삶의 마지막 순간에 진정한 삶의 의미를 깨닫고 죽음조차 넘어선다는 것은 이반 일리치의 깨달음일 뿐만 아니라 아직 죽음에 이르지 않은, 그러나 언젠가 죽음을 피할 수 없는 작가 자신의 삶에 대한 의미부여이기도 하다. 자신은 그렇게 살지 말아야 하며 죽음의 순간에 이반 일리치가 깨달은 그 경지를 삶의 순간에 실현해야만 한다고 작가가 스스로 다짐하는 결의와도 같은 것이다.

그러나 작가의 이런 결의가 작품을 압도하면서 작품을 읽는 모든 독자들을 그의 결의 속으로 몰아넣는 것은 아니라는 점에서 똘스또이 문학의 위대함이, 『이반 일리치의 죽음』의 예술적 가치가 존재한다.

무엇보다 똘스또이는 일상적 삶의 크기와 인간의 존재의미 사이의 간격을 날카롭게 드러낸다. 여러 등장인물들 모두 자신의 외적 태도와 심리 사이에 대립성과 모순성을 가지고 있다. 이반 일리치 역시 자신의 외적인 삶과 내면의 삶 사이에 불일치하는 모습을 항상 보여준다. 이런 불일치를 고통스럽게 인식하는 것은 죽음이라는 존재의 끝에서 가장 극적으로 나타난다. 그러나 그것은 이런 극적인 대립뿐만 아니라 인간의 일상적 삶의 모든 계기에 늘 잠재되어 있다. 어쩌면 그것은 무한히 확대된 근대 인간의 삶의 외연과 무한히 멀어진 존재의 의미 사이의 간격을 나타내는 것인지도 모른다. 이를테면 문상을 간 뾰뜨르 이바노비치가 미망인 쁘라스꼬비야와 대화를 나누는 장면을 상기해보자. 외적으로 이들은 남편을 잃은 아내의 슬픔과 동료의 죽음을 애도하는 상황에 처해 있다. 그러나 쁘라스꼬비야는 내적으로는 남편의 친구를 통해 정부로부터 무언가 보상을 더 받아낼 수 없는지를 알아내고 싶어한다. 뾰뜨르 역시 어색한 분위기를 어떻게든 빨리 예의 바르게 모면하고만 싶다. 이런 상황은 쁘라스꼬비야가 자리에 앉으며 옷깃이 탁자 모퉁이에 걸리고 그것을 풀어내는 장면 묘사에서 기가 막히게 표현된다. 뾰뜨르가 앉았다 일어설 때마다 스프링이 망가진 보조의자가 이상한 소리를 낸다. 그는 어떻게든 엉덩이 중앙에 스프링이 잘 놓이도록 신경을 쓴다. 그들의 예의 바른 처신과 외적인 태도의 정중함을 깨뜨리는 이 일상의 세세한 모습은 드디어 그들의 내적인 심리상태에 영향을 미친다. 그렇지 않아도 진실함이라고는 부족했던 그들의 심리를 고인에 대한 애도와 미망인에 대한 위로와는 전혀 무관한, 완전히 냉담한 상태로 만들어버리는 것이다. 똘스또이는 이처럼 외적인 일상의 모습과 인간 심리의 움직임 사이의 거리를 적나라하게 묘파한다. 이반 일리치의 일상의 삶과 죽음에 직면한 고통, 그것을 지켜보는 가족들, 진료하는 의사 등을 묘사할 때도 마찬가지다. 독자들은 이런 인간의 일상과 내적 심리 사이의 변증법적인 관계를 읽으면서 인간 삶의 보편적 모습을 인지해나간다. 이런 점에서 이 작품은 죽음에 대한 철학적 의미에 대한 탐색이기에 앞서 인간의 일상적 모습과 내면 사이의 날카로운 대립과 지양의 심리극이다.

독자들은 인간의 살아 있는 일상(그것은 바로 우리 자신의 일상이기도 하다)과 인간 내면의 심리와의 차이와 갈등을 구체적으로 목도하면서 작가의 철학에 앞서 인간 존재의 근대적 양상에 대해, 즉 자신의 삶에 대해 돌아보지 않을 수 없게 된다. 사상가로서의 똘스또이보다 예술가로서의 똘스또이를 더 깊이 만나고 있는 것이다. 다시 말해 삶과 죽음에 대한 똘스또이의 사상적 결론에서가 아니라 이반 일리치의 삶과 죽음의 과정, 바로 그 공간에서 독자들은 자신의 삶과 죽음을 거듭 되돌아보며 보다 주체적으로 (생성적으로, 창조적으로) 자신의 생각을 전개해나가는 것이다. 이것이야말로 몰입적이면서도 반성적인, 삶을 긍정하면서도 또다른 삶의 가능성을 향해 한걸음 나아가고자 하는 똘스또이의 문학의 예술적 의미가 아닐까.

열심히 살며 생각하며

오늘날 우리는 삶에 대해 의문을 던지는 일이 점점 줄어들고 있다. 인생이란 무엇인가, 나는 무엇을 위해 사는가라는 질문보다 살아가는 일 자체에 더욱 매몰되어 있는 것이다. 디지털 정보 문화 혁명의 시대, 자본의 전일적 지배가 강화된 글로벌화 시대에 우리는 수동적으로 생명을 유지하고 유지하는 활동에 가장 많은 생명력을 투자해야만 한다. 일상적인 삶을 유지하고 구성하는 데에 필요한 일들이, 처리해야 할 정보와 기술이 얼마나 많은가. 이제 삶이 무엇인가라는 질문보다 어떻게 삶을 유지하고 구성할 것인가라는 질문만이 중요하고 그저 열심히 맹목적으로 삶에 투신하는 것만이 가장 뛰어난 삶처럼 여겨진다. 이런 상황에서 삶은 주어진 조건과 상황 속에서 소비해야 할 하나의 소비품이 된 것만 같다. 이반 일리치가 살아간 삶과 삶에 대한 그의 태도가 바로 우리의 것이 아니라고 말할 수 있을 것인가.

엄청난 속도의 문명 속에서 우리의 삶 자체에 대해 거듭 새롭게 생각해야 한다는 것은 21세기 인문학의 가장 중요한 과제 중 하나이며 똘스또이의 삶과 문학의 현재적 의의 역시 바로 그러한 맥락 속에서 더욱 특별한 의미를 지닌다. 삶에 대한 똘스또이의 끊임없는 생각은 그의 삶을 당대의 조건과 상황에 몰입할 뿐만 아니라 그 너머에 대한, 즉 근대를 넘어선 근대(혹은 현대라고 말할 수도 있겠다)를 향한 예술적 상상(혹은 예술가의 불안의 신호라고 말할 수도 있겠다)으로 나아가도록 만들었다. 삶에 대한 생각은 현실 삶의 양상과 부단히 차이를 일으키며 똘스또이 작품 속에 예술적으로 형상화되고 있는 것이다. 이반 일리치는 죽음 앞에서 그런 삶에 대한 회한으로 더욱 고통스러웠고 그런 삶이 잘못되었다는 깨달음을 통해 그 고통을 벗어난다. 죽음 앞에서 자신의 삶을 투명하게 바라봄으로써 다시 태어난 이반 일리치의 생각이 바로 그런 부활의 순간을 잘 가리키고 있다.

　도구적 삶으로 전락해가는 인간의 삶에 대한 치열한 반성과 성찰이 더욱 요구되는 오늘날 새롭게 똘스또이를 수용하고 이해한다는 것은 완성된 사상체계와 문학적 성과로서의 수동적인 수용을 넘어 삶에 대한 똘스또이의 사유과정, 그 자체에 대한 능동적이고 참여적인 수용을 의미하는 것이어야 한다. 그것은 깨져가는 얼음 위를 달려야 하는 운명에 있다 하더라도 그 운명에 대해 끊임없이 생각하는 삶, 그리고 그 생각과 현실 삶과의 투쟁적 일치를 위해서 분투 노력하는 삶, 그리고 투쟁적 일치 과정의 정상에서, 또 그 너머를 바라보고자 끊임없이 삶에 대해 생각했던 똘스또이의 삶이 백년을 가로질러 지금 우리의 삶으로 부활하는 과정일 것이다.

작품을 번역할 때 누구보다 꼼꼼히 읽게 마련이다. 단어와 문장, 행간을 거듭 다시 읽으며 의미를 파악하고 적절한 우리말로 옮기는 작업은 무엇보다 먼저 꼼꼼한 읽기를 요구하는 것이다. 그러다 보면 쉽게 읽고 넘어갈 장면에서도 남다른 감동을 받는 경우가 많다. 아무도 느끼지 못한 작가의 속마음을 혼자서 느끼기라도 한 듯이 말이다.

『이반 일리치의 죽음』을 옮기면서 나는 특히 그랬다. 작은 표현 하나에서부터 인물들의 심리, 특히 이반 일리치의 심정의 변화와 사건의 전개과정에 이르기까지 그 섬세하면서도 적확한 언어들을 맛보며 나는 '그래, 이래서 똘스또이구나' 하는 감탄을 금할 수가 없었다. 그러다가 번역에 속도가 붙은 어느날 밤, 7장에서 이반 일리치가 죽음의 고통 속에서 소리내어 울고 싶고, 누군가가 그런 그를 어린아이처럼 쓰다듬고 어루만지며 같이 울어주는 것, 그것만이 오직 바라는 것이라는 대목에서 나는 그만 쏟아지는 눈물을 억제하지 못했다. 분명 개인적인 소회가 겹쳐졌기 때문이겠지만 인간이 인간에게 진정으로 마음을 다하는 것이 어떤 것이어야 하는가에 대해, 이반 일리치의 그 절실한 심정에 대해 통렬한 아픔과 공감이 몰려왔던 것이다.

이 작품의 번역은 똘스또이 탄생 백주년 기념전집 제23권 (*Полное собрание сочинений: В 90 т. Юбилейное издание*

(1828~1928), Т. 23: Произведения(1879~84), М.: Л.: Гос. изд-во 1957)을 원본으로 삼았다. 작품이 그리 길지는 않다. 하지만 너무 빨리 읽지 않았으면 좋겠다. 번역작품은 천천히 음미를 하며 읽는 것이 상례지만 특히 이 작품은 조금 더 천천히 읽어주었으면 좋겠다. 작품을 잘 감상하기 위해서도 그렇고 독자들이 매 순간 마음의 변화에 스스로 주목해주기를 바라는 마음에서다. 분명 내가 느꼈던 감동을 독자들이 더 깊이 느낄 수 있으리라고 믿고 기대하는 마음이다. 좋은 번역이 될 수 있도록 교정도 꼼꼼히 해주고 우리말 표현에도 좋은 제안을 많이 해준 창비 편집부에도 감사드린다.

아버지의 영전에 삼가 이 책을 바친다.

이강은(경북대 노어노문학과 교수)

작가연보

1828년	8월 28일 야스나야 뽈랴나 영지에서 니꼴라이 일리치 똘스또이 백작과 마리야 니꼴라예브나 똘스따야(볼꼰스끼 공작 가문) 사이에 넷째 아들로 탄생.
1830년	8월 4일 어머니 사망.
1837년	1월 10일 모스끄바로 가족 이주. 7월 21일 아버지 사망.
1844년	형제들과 까잔으로 이사하여 까잔 대학 동양학부 입학.
1845년	9월 까잔 대학 법학대학으로 전공 변경.
1847년	'가정사와 건강문제'로 대학 자퇴서 제출 후 야스나야 뽈랴나로 귀향.
1848년	가을에 모스끄바로 이주.

1851년	4월 형 니꼴라이와 함께 깝까스로 출발. 6월 자원병으로 습격전투 참여. 7월~9월 『유년 시절』 집필.
1852년	귀족 하사관 생도 시험을 치르고 4급 포병 하사관으로 편입. 9월 잡지 『동시대인』에 『유년 시절 ─ 나의 유년 시절 이야기』 발표.
1853년	3월 『동시대인』에 「습격」 발표.
1854년	1월 연줄을 통해 도나우군 소위보로 전군. 10월 『동시대인』에 『소년 시절』 발표. 11월 쎄바스또뽈로 전군. 끄림전쟁 참여.
1855년	4~5월 쎄바스또뽈 제4능보 근무. 6월 『동시대인』에 「12월의 쎄바스또뽈」 발표(황제 알렉산드르 2세에게 원고가 보고됨). 9월 『동시대인』에 「산림벌채」 「1855년 쎄바스또뽈 봄날의 밤」 발표. 10월 쌍뜨뻬쩨르부르그에 와서 뚜르게네프, 파나예프, 곤차로프, 네끄라소프 등 문학가들과 교유.
1856년	1월 오룔에 가서 결핵으로 죽어가는 형 드미뜨리를 방문. 『동시대인』에 「1855년 8월의 쎄바스또뽈」 발표. 5월 『동시대인』에 「두 경기병」 발표. 호먀꼬프와 만남. 12월 중편 『지주의 아침』 발표. 체르니셉스끼와 만남.
1857년	1월 『동시대인』에 『청년 시절』 발표. 2~7월 유럽 여행.
1858년	「세 죽음」 집필.
1859년	2월 러시아 어문학 애호 협회 가입. 5월 잡지 『러시아 통보』에 중편 『가족의 행복』 발표. 10월 농민학교 개설.
1860년	9월 형 니꼴라이 사망.
1860~61년	두번째 유럽 여행. 제까브리스뜨였던 S. 볼꼰스끼, 화가 니꼴라이

게, 게르쩬, 프루동 등과 만남.

1862년 여름, 잡지 『야스나야 뽈랴나』 발행. 9월 끄레믈린 성모탄생 사원
에서 쏘피야 안드레예브나 베르스와 결혼.

1863년 2월 『러시아 통보』에 중편 『까자끄 사람들』 발표. 6월 아들 쎄르게
이 출생.

1864년 8~9월 두권짜리 선집 출판. 10월 딸 따찌야나 출생. 11~12월 장편
『1805』 집필.

1865년 1~2월 『러시아 통보』에 장편 『1805』 (『전쟁과 평화』의 1, 2부에
해당) 발표.

1866년 5월 아들 일리야 출생.

1867년 9월 『전쟁과 평화』 3, 4부 집필.

1868년 『전쟁과 평화』 5부 집필.

1869년 『전쟁과 평화』 6부 집필. 5월 아들 레프 출생.

1871년 2월 딸 마리야 출생. 여름, 싸마라의 바주룩스끼 지역 토지 구매.
N. 스뜨라호프가 처음 야스나야 뽈랴나 방문. 가을, 『기초입문서』
1부 집필.

1872년 『기초입문서』 집필 계속. 뾰뜨르 1세에 대한 장편 집필. 11월 『기
초입문서』 발행.

1873년 3월 뾰뜨르 1세 시대에 대한 장편 중단. 『안나 까레니나』 집필 시
작. 12월 러시아 과학 아카데미 러시아 어문학 분야 준회원 선출.

1874년 『안나 까레니나』 집필 계속.

1875년 1월 『안나 까레니나』를 『러시아 통보』에 게재 시작.

1877년	『안나 까레니나』집필 완료. 7월 N. 스뜨라호프와 함께 옵찌나 뿌스쩐 수도원 방문. 8월『러시아 통보』발행인 M. 까뜨꼬프가『안나 까레니나』최종 부분 게재 거부. 12월 아들 안드레이 출생.
1878년	『안나 까레니나』단행본으로 출간. 장편『제까브리스뜨』집필.
1879년	12월 아들 미하일 출생.
1880년	『참회록』완성. 네권짜리 성서 번역 작업. V. 가르신, V. 스따소프, I. 레삔 등과 만남.
1881년	황제 알렉산드르 3세에게 알렉산드르 2세를 저격한 혁명가들 처형 반대 청원 편지. 옵찌마 뿌스쩐 수도원 방문. 단편「사람은 무엇으로 사는가」집필. 9월 야스나야 뽈랴나에서 모스끄바로 이주.
1882년	모스끄바 인구 대조사에 참여. 모스끄바 돌고-하모프니체스끼 골목의 집(현 똘스또이 박물관)을 구매. 중편『이반 일리치의 죽음』집필 시작.
1883년	9월『나의 신앙은 무엇인가?』집필. 10월 V. 체르뜨꼬프 만남.
1884년	2월 장편『제까브리스뜨』시작 부분 발표. 6월 야스나야 뽈랴나에서 최초의 가출 시도. 딸 알렉산드라 출생. 11월 체르뜨꼬프가 출판사 '중개인' 설립.
1885년	'중개인' 출판사를 위해 단편「촛불」「두 노인」집필. 중편『홀스또메르』발표.
1886년	단편「세 현인」, 중편『이반 일리치의 죽음』, 희곡『암흑의 힘』등 발표. V. 꼬롤렌꼬 만남.
1887년	『인생론』『크로이처 쏘나타』집필. N. 레스꼬프 만남.

1888년	2월 모스끄바에서 야스나야 뽈랴나까지 도보여행. 3월 아들 이반 출생.
1889년	희곡『계몽의 열매』, 중편『악마』집필.
1890년	『쎄르기 신부』집필. 옵찌마 뿌스쩐 순례여행.『크로이처 쏘나타』검열로 출판금지.
1891년	『계몽의 열매』공연(K. 스따니슬랍스끼 연출). 1881년 이전 저작에 대한 저작권 포기. 기근 농민들을 위한 무료 급식소 사업 전개.
1892년	기근 농민들을 위한 음악회를 개최한 A. 루빈슈타인과 만남.『신의 왕국은 당신 내부에 있다』집필.
1893년	기 드 모빠상 저작집 서문 집필. K. 스따니슬랍스끼와 만남.
1894년	1월 I. 부닌과 만남.
1895년	잠언적 단편「주인과 머슴」완성. 2월 아들 이반 사망. 8월 A. 체호프와 만남. 9월 두호보르 교도 탄압에 대해 논문 집필.
1896년	1월 희곡『어둠 속에 빛이 비치니』집필. 8월 아내와 함께 여동생 마리야가 있는 샤모르디노의 수도원 방문. 샤모르디노 수도원에서『하지 무라드』초판본 집필.
1897년	쌍뜨뻬쩨르부르그 방문.『예술론』집필.
1898년	황제 니꼴라이 2세에게 몰로깐 교도의 아이들 징발 문제에 관한 편지. 두호보르 교도들과의 만남. 뚤라와 오룔 현에서 기아구제 사업. 두호보르 교도 캐나다 이주 기금 조성 목적으로 장편『부활』과 중편『쎄르기 신부』집필.
1899년	『부활』집필 계속. R. 릴케 만남.

1900년	논문 「우리 시대의 노예」 「애국주의와 국가」 집필. M. 고리끼와 만남. 희곡 『산송장』 집필.
1901년	2월 신성 종무원에서 파문 결정. 논문 「종무원 결정에 대한 대답」 집필. 7월 말라리아 발병. 9월 병 치료차 끄림 지역 가스쁘라행. 10월 니꼴라이 미하일로비치 대공을 만나고 그를 통해 황제 니꼴라이 2세에게 토지 사유제 철폐 호소문 전달. A. 체호프와 M. 고리끼와 자주 만남.
1902년	신앙의 자유에 관한 논문 「종교란 무엇이며 그 본질은 어디에 있는가」 「일하는 민중에게」 「성직자들에 대하여」 집필. V. 꼬롤렌꼬와 자주 만남. 야스나야 뽈랴나로 귀향. A. 꾸쁘린 만남. 중편 『하지 무라드』 『위조 쿠폰』, 단편 「무도회가 끝난 뒤」 집필.
1903년	일련의 회상기와 셰익스피어에 대한 논문 집필.
1904년	러일전쟁에 대한 논문 「깊이 생각하라!」 집필. 『하지 무라드』 완성. 5월 D. 메레지꼽스끼와 그의 아내 Z. 기뻐우스가 야스나야 뽈랴나 방문. 8월 형 쎄르게이 사망.
1905년	논문 「세기의 종말」 「러시아의 사회운동에 대하여」 「유일하게 필요한 것」 집필. 단편 「알료샤 고르쇼끄」 「꼬르네이 바실리예프」, 중편 『현인 표도르 꾸즈미치의 수기』 집필.
1906년	잡지 『읽을거리』에 단편 「무엇을 위하여?」 발표. 11월 딸 마리야 사망.
1907년	아동용 『읽을거리』 작성. 10월 비서 N. 구셰프 체포.
1908년	논문 「침묵할 수 없다」 「폭력의 법칙과 사랑의 법칙」 「인도에 보

내는 편지」집필. 비밀일기 밝혀짐.

1909년   중편 『누가 살인자인가』 집필. 8월 비서 N. 구셰프 다시 체포되고
유형에 처해짐. 10월 유언장 작성.

1910년   2월 단편 「호딘까」 집필. 4월 L. 안드레예프가 야스나야 뽈랴나 방
문. 10월 28일 야스나야 뽈랴나를 떠남. 11월 7일 아스따뽀보 간이
역에서 사망. 유언에 따라 야스나야 뽈랴나 '자까스' 숲에 영면.

고전의 새로운 기준, 창비세계문학

오늘날 우리는 인간의 존엄과 개성이 매몰되어가는 시대를 살고 있다. 물질만능과 승자독식을 강요하는 자본주의가 전지구적으로 확산되면서 현대사회는 더 황폐해지고 삶의 질은 크게 훼손되었다. 경제성장만이 최고의 선으로 인정되고 상업주의에 물든 문화소비가 삶을 지배할수록 문학은 점점 더 변방으로 밀려나고 있다. 삶의 본질을 성찰하는 문학의 자리가 위축되는 세계에서는 가진 자와 못 가진 자 할 것 없이 모두가 불행할 수밖에 없다.

이 시대야말로 인간답게 산다는 것의 의미가 무엇인지 근본적인 화두를 다시 던지고 사유의 모험을 떠나야 할 때다. 우리는 그 여정에 반드시 필요한 벗과 스승이 다름 아닌 세계문학의 고전이라는 점을 강조한다. 고전에는 다양한 전통과 문화를 쌓아올린 공동체의 경험이 녹아들어 있고, 세계와 존재에 대한 탁월한 개인들의 치열한 탐색이 기록되어 있으며, 새로운 세상을 꿈꾸는 아름다운 도전과 눈물이 아로새겨 있기 때문이다. 이 무궁무진한 상상력의 보고이자 살아 있는 문화유산을 되새길 때만 개인의 일상에서 참다운 인간적 가치를 실현하고 근대적 삶의 의미와 한계를 성찰하는 지혜를 얻을 수 있을 것이다.

'창비세계문학'은 이러한 문제의식에서 출발한다. 세계문학의 참의미를 되새겨 '지금 여기'의 관점으로 우리의 정전을 재구성해야 할 필요성이 그 어느 때보다 절실하다. '정전'이란 본디 고정된 목록으로 존재하는 것이 아니라 그때그때 주어진 처소에서 새롭게 재구성됨으로써 생명을 이어가는 것이다. 우리는 먼저 전세계 문학들의 다양성과 차이를 존중하면서 국가와 민족, 언어의 경계를 넘어 보편적 가치에 기여할 수 있는 가능성에 주목하고자 한다. 근대를 깊이 성찰한 서양문학뿐 아니라 아시아와 라틴아메리카, 중동과 아프리카 등 비서구권 문학의 성취를 발굴하고 재평가하는 것 역시 세계문학의 지형도를 다시 그리려는 창비의 필수적인 작업이 될 것이다.

여러 전집들이 나와 있는 세계문학 시장에서 '창비세계문학'은 세계문학 독서의 새로운 기준이 되고자 한다. 참신하고 폭넓으면서도 엄정한 기획, 원작의 의도와 문체를 살려내는 적확하고 충실한 번역, 그리고 완성도 높은 책의 품질이 그 기초이다. 독서시장을 왜곡하는 값싼 유행과 상업주의에 맞서 문학정신을 굳건히 세우며, 안팎의 조언과 비판에 귀 기울이고 독자들과 꾸준히 소통하면서 진정 이 시대가 요구하는 세계문학이 무엇인지 되묻고 갱신해나갈 것이다.

1966년 계간 『창작과비평』을 창간한 이래 한국문학을 풍성하게 하고 민족문학과 세계문학 담론을 주도해온 창비가 오직 좋은 책으로 독자와 함께해왔듯, '창비세계문학' 역시 그러한 항심을 지켜나갈 것이다. '창비세계문학'이 다른 시공간에서 우리와 닮은 삶을 만나게 해주고, 가보지 못한 길을 걷게 하며, 그 길 끝에서 새로운 길을 열어주기를 소망한다. 또한 무한경쟁에 내몰린 젊은이와 청소년들에게 삶의 소중함과 기쁨을 일깨워주기를 바란다. 목록을 쌓아갈수록 '창비세계문학'이 독자들의 사랑으로 무르익고 그 감동이 세대를 넘나들며 이어진다면 더없는 보람이겠다.

2012년 가을
창비세계문학 기획위원회
김현균 서은혜 석영중 이욱연 임홍배 정혜용 한기욱

창비세계문학 7

이반 일리치의 죽음

초판 1쇄 발행/2012년 10월 5일
초판 23쇄 발행/2024년 9월 24일

지은이/레프 니꼴라예비치 똘스또이
옮긴이/이강은
펴낸이/염종선
책임편집/심하은
펴낸곳/(주)창비
등록/1986년 8월 5일 제85호
주소/10881 경기도 파주시 회동길 184
전화/031-955-3333
팩시밀리/영업 031-955-3399 편집 031-955-3400
홈페이지/www.changbi.com
전자우편/lit@changbi.com

한국어판 ⓒ 창비 2012
ISBN 978-89-364-6407-3 03890